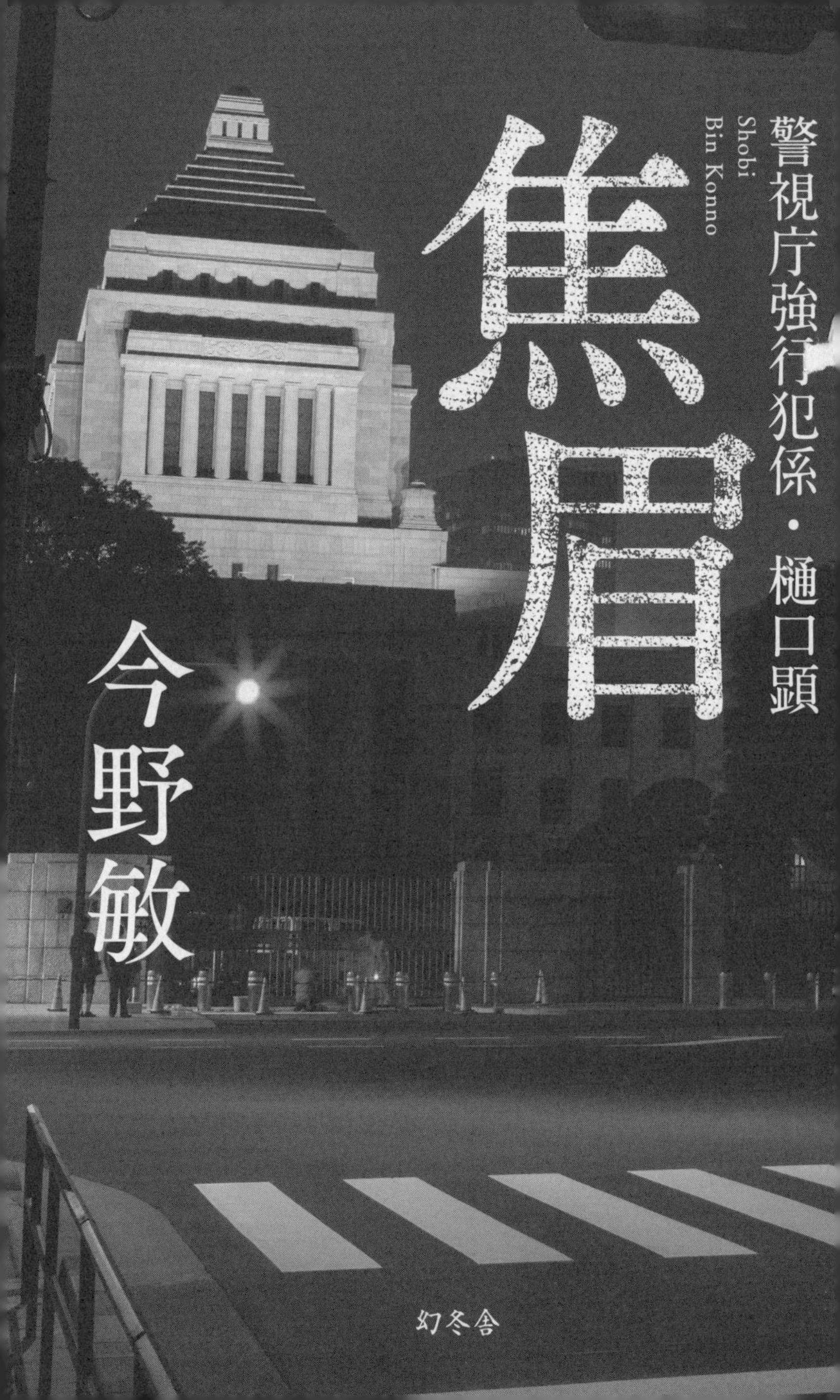

焦眉

警視庁強行犯係・樋口顕

Shobi
Bin Konno

今野敏

幻冬舎

焦眉

警視庁強行犯係・樋口顕

カバーデザイン＆フォト　遠藤拓人

1

「どうだ、最近」

久しぶりに氏家《うじいえ》から連絡が来た。二月二十五日火曜日のことだ。時刻は午前十時だった。

氏家譲《ゆずる》は、樋口《ひぐち》よりも二歳下の警部だ。昨年ようやく警部昇任試験を受け、それに合格した。

昨年十月には、警察大学校での全国警部研修を受けた。

樋口顕《あきら》はこたえた。

「相変わらずだ。そっちこそ、どうなんだ？」

「相変わらずってことは、何か事件を抱えてるってこと？」

「やることはいくらでもあるが、今のところそう忙しくはない」

「今夜あたり、ちょっと会えないか？」

「だいじょうぶだと思う」

確約できないことは、お互いによく知っている。警察官の約束は事件が起きたらチャラだ。

午後七時に待ち合わせをした。

氏家からの電話が切れるとすぐに樋口は、妻の恵子《けいこ》に電話した。

「今夜の夕食はいい」

「事件？」

「いや、氏家と会うことになった」

「あら、氏家さん」

氏家は、家族の受けがいい。

「突然電話をしてきた。何か話がありそうだった」

「異動じゃないの？」

「異動？」

「だって、去年警部になったんでしょう？　今の部署も長いし……」

「とにかく話を聞いてみるよ。じゃあ……」

電話を切った。

夕刻まで何も起きないことを祈っていた。こういうふうにはらはらするのが嫌で、いつしか人と約束をすることが少なくなってきた。

警察官みんながそうではないだろう。これは自分の性格の問題なのだと、樋口は思っていた。

幸いにして、事件は起きなかった。いや、正確に言うと、毎日いくつも事件は起きている。

樋口班、つまり、警視庁刑事部捜査一課殺人犯捜査第三係が出動するような事件が起きなかったということだ。

約束どおり氏家と会うことができた。二人は、虎ノ門にある居酒屋で待ち合わせをしていた。カウンターの他に座敷があり、そこが個室になっていて話が外に洩《も》れる心配がないので、よく使う店だった。

氏家が先に来ていた。樋口が部屋にやってくると氏家がビールのジョッキを挙げた。

「よう。先にやってるぞ」

氏家は年下だが、いつもタメ口だ。樋口はそれを気にしたことがない。彼ほど馬の合うやつは同期にもいなかった。

樋口もビールを注文した。

乾杯をすると、樋口は言った。

「何か話があるんだろう？」

「まずは、飯だ」

氏家は店員を呼んで、料理を注文する。樋口もつまみを頼んだ。

店員がいなくなると、氏家が言った。

「久しぶりに一杯やるのもいいと思ったんだ」

「異動か？」

氏家は、ビールを噴き出しそうになった。おしぼりで口元を拭うと、言った。

「たまげたな。なんで知ってるんだ？」

「いや、知っていたわけじゃない。恵子がそうじゃないかと言っていたんだ」

「あんたのかみさん、勘が鋭いな」

「ああ。なかなか隠し事は難しい。本当に異動なのか？」

氏家はビールを一口飲んで顔をしかめた。

「二課だよ」

「本部の中で異動か……。係は？」

「選挙係だ。俺は公職選挙法や政治資金規正法のことなんて、何も知らない」

氏家は、これまで生活安全部の少年事件課にいた。少年事件が専門だったのだ。

「新しい部署に異動したら、誰だって何も知らないもんだ。勉強すればいい」

「十月の警部研修のときに、さんざん勉強させられた。また勉強しろってのか」

「しょうがないだろう。警部で異動ってことは、係長なんじゃないのか？」

「まあ、そういうことだ」

「ならば、なおさら勉強しないとな」

「二課長はキャリアだ。まだ、三十代だって話だぞ」

警視庁の捜査二課長は、キャリアのポストだ。捜査一課と同様、警視正が課長となるが、キャリアの場合、多くは三十代後半で警視正になる。

「今の二課長は、柴原久雄《しばはらひさお》だな。たしか三十七歳だ」

樋口が言うと、氏家はさらに渋面になった。

「そんなやつの下で係長をやるんだと思うと、気が重くなる」

樋口は苦笑した。

「課長と係長の間には、理事官もいれば管理官もいる。課長が若くても、そうやりにくくはないだろう」

「そうだといいがな……。それにしても、俺が選挙係とは……」

「普通に投票はするんだろう」

「投票日に事件がなければな」

たしかに氏家が言うとおりだ。選挙は休日に行われるが、警察官はその日が休みとは限らない。律儀な人は、時間ができたときに期日前投票に行くが、必ずしもみんながそうとは限らない。

樋口は、必ず投票に行くようにしている。期日前投票をすることも多い。

「首相は衆議院解散を目論《もくろ》んでいるという話もあるから、それに合わせた人事じゃないのか？」

「総選挙対策なら、なおさら俺みたいな未経験者じゃなくて、ベテランの係長が当たるべきだろう」

「おまえの実力が評価されたということなんじゃないのか」

氏家は不安なのだろう。異動というのはそういうものだ。警察官に異動は付きものだ。そして、氏家ならどんな仕事もそつなくこなすだろう。氏家は本人が思っているよりずっと優秀なのだ。

だから、今夜はただ話を聞いてやればいいのだ。氏家は不安な気持ちを誰かにぶつけたいだけなのだろう。

これまで氏家には何度も助けられた。話を聞いてやるくらいどうということはない。樋口はそう思った。


自宅に戻ったのは午後十一時過ぎだった。

リビングルームに行くと、妻の恵子が言った。

「お帰りなさい。氏家さん、何だって？」

「おまえの読みどおりだ。二課の選挙係に異動だそうだ。係長だ」

「あら、出世じゃない」

「本人は不安がっている。なにせ、政治家が相手だからな」

「氏家さんならだいじょうぶでしょう」

「俺もそう思う。照美《てるみ》は？」

「部屋にいる。まだ起きていると思うけど……」

「そうか」

照美は、就職も決まり、大学の卒業を待つばかりという時期だ。すでに卒論も提出したようで、毎日暇を持て余しているらしい。樋口からするとうらやましい限りだ。

リビングルームにあるテレビがついていた。樋口はソファに腰を下ろしてそれを眺めた。政局のニュースをやっていた。

コメンテーターが、そろそろ解散が近そうだという話をしている。

「異動になった早々の選挙なんて、氏家さんもたいへんじゃない」

恵子が言った。ニュースを聞いていたようだ。樋口は言った。

「むしろそのための異動だと思う」

「氏家さんは総選挙対策で抜擢されたということ？」

「そう考えることもできる。まあ、てんてこ舞いになるのは眼に見えているから、貧乏くじを引いたとも言えるな」

「お風呂わいてるわよ」

「ああ。入る」

一度ソファに座ると立ち上がるのがおっくうになる。そんな年になったのだと、樋口は自覚する。

重い腰を上げて、風呂に入ることにした。


それから半月ほど政局は揉めに揉めていたが、結局、首相は三月十三日金曜日に衆議院を解散した。さらに四月六日公示、十九日総選挙というスケジュールが発表された。

そのニュースが流れると、警視庁内も少しばかり落ち着かなくなる。政権の行方は、警察の人事にも影響があるからだ。

警察庁は国の省庁だし、都の役所である警視庁でも、警視正以上は国家公務員の扱いになる。

政治と無縁ではいられないと、上層部は考えるのだ。

だが、自分のような下っ端には関係のないことだと、樋口は思っている。

昼食をとるために食堂に行こうと思った。一階の大食堂ではなく、十七階のカフェのほうが空いているはずだと思い、樋口はエレベーターに向かった。

エレベーターホールで、天童隆一《てんどうりゆういち》管理官に会った。

「よう。ヒグっちゃんもメシか?」

「ええ。上のカフェへ行こうと思いまして」

「いっしょに、いいか?」

「もちろんです」

カフェの名物は、食べきれないほどの量のカレーだが、若い頃ならいざ知らず、そんなメニューを平らげる気力はない。樋口は、バジルのパスタを注文した。天童はハンバーグ定食だ。

術科の道場が同じ階にあるので、稽古を終えた特練の連中などが食事にやってきている。若い彼らは、樋口と天童の席には近づこうとしない。

近くに人がいないので、話しやすかった。

天童が言った。

「総選挙の日程が発表されて、世の中騒がしいな」

樋口はこたえた。

「氏家が二課の選挙係に異動になりました」

「知っている。あいつもようやく係長だ」

「少年事件課とはずいぶん勝手が違うでしょうから、異動した当初はずいぶん戸惑っている様子でした」

「畑違いでも、警察官のやることは同じだ。違法な行為を摘発して検挙する。そういう基本に立ち返れば何も迷うことはない」

そして、天童は付け加えるように言った。「おっと、ヒグっちゃんには釈迦に説法だな」

「そんなことはありません」

天童とは長い付き合いだ。樋口が駆けだしの頃、刑事のイロハを教えてくれたのは天童だった。所轄の刑事課で、当時天童は巡査部長だった。

異動で二人は離ればなれになったが、十数年を経て捜査一課で再会したのだった。

「最近の若い連中は、選挙に行かないようだね」

天童の言葉に、樋口は言った。

「昔から若者って、そんなもんじゃないですか」

「ヒグっちゃんはそうじゃなかっただろう」

そう言われて考えた。必ず選挙に行くと決めたのはいつのことだったろう。

大学生の頃は、選挙があっても無視することが多かった。当時、国政選挙はまだしも、区議会や都議会の選挙に行った記憶はない。

必ず選挙に行くようになったのは、警察官になってからではないだろうか。ひょっとしたら結婚してからかもしれない。

「いえ、私も若い頃には、あまり選挙に行きませんでした。投票したところで何が変わるだろうという思いが強かったですね」

「ほう。それはヒグっちゃんらしくないな」

この天童の言葉に、樋口は戸惑ってしまう。俺らしいというのは、どういうことなのだろう。付き合いの長い天童ですら自分を誤解しているのではないかと、時折樋口は思う。

ならば、「どういうのが私らしいのですか」と聞き返してみればいい。だが、樋口にはそれができない。

天童が続けて言った。

「まあ、今回の選挙も与党が圧勝。現政権は盤石で、世の中変わりはしないだろうな」

「警察官としては、それがいいことなんじゃないでしょうか」

天童は笑みを浮かべた。

「本当はそう思っていないんだろう?」

またしても樋口は戸惑った。

たしかに樋口は、選挙のたびに野党第一党の候補に投票している。警察官としては圧倒的に少数派かもしれない。そして、そのことを他人に話したことは一度もない。

思想と良心の自由は、憲法第十九条で保障されている。とはいえ、警察官が野党を支持するというのは、あまり望ましくない。

「そう思っていないって、どういうことですか？」

「ヒグっちゃんはリベラルだからなあ」

「自分はどちらかというと、保守的だと思いますが……」

「比較論だよ。警察官なんてさ、ガチガチの保守派ばかりじゃないか。それに比べれば、ずいぶんとリベラルだってことさ」

「そうでしょうか」

「俺にはわかるんだよ」

「どうしてわかるんです？」

「俺もヒグっちゃんと同じだからさ。ずっと今の与党のままだとつまらんと思っている」

「そういうことは、庁内で言わないほうがいいですよ」

「別にかまわない。ノンキャリアで管理官まで登り詰めた。あとはどうなろうとな……」

天童さんは俺を信頼しているのだろう。樋口はそう思った。そして、樋口も天童を信頼している。でなければ、こんな会話はできない。

警察官になるのに思想チェックなどないのがたてまえだ。だが、間違っても共産党員が警察官になることはない。

警察というのは、そういう組織だ。樋口はそんなことを思いながら、パスタを口に運んだ。

樋口は氏家のことが気になって、二課に寄ってみようと思った。電話してみるだけでもよかったのだが、どうしても直接顔を見て話を聞いてみたかった。

エレベーターに乗り、捜査一課がある六階を通り越して四階で降りた。

氏家は選挙係の係長席にいた。電話で何事か話していた。樋口が近づくと、片手を挙げて「ちょっと待て」という仕草をした。

しばらくして電話を切ると、氏家は言った。

「どうした？」

「どんな様子かと思ってな」

「見てのとおり、目が回るくらい忙しい」

「係員は？」

選挙係の島には、氏家しかいない。他は皆空席だ。

氏家がこたえた。

「二課の係員は滅多に本部庁舎にはいないよ」

「そうだったな」

二課は内偵や隠密捜査が多いので、都内各所の警察署やその他の関連施設に間借りして詰めていることが多い。

その秘密主義はどこか公安にも通じるものがあると、樋口は思っていた。公安部の公安総務課長と外事三課長は、捜査二課長と同様にキャリアのポストだ。

「おまえは、係員といっしょに詰めなくていいのか？」

樋口がそう尋ねたとき、課長室から二人の男が出てくるのが見えた。二人ともダークグレーの背広を着ている。

氏家が言った。

「あの連中が課長に会っているせいで、俺はここにいるんだ」

「どういうことだ?」

「彼らとの話が済んだら、課長は俺と話をするということだ」

「彼らは何者だ?　ずいぶんと人相が悪いが……」

「東京地検特捜部だよ」

「地検特捜部……」

そのとき電話が鳴り、氏家が出た。そして、すぐに受話器を置いて言った。

「課長がお呼びだ。じゃあな」

氏家は二課長室に向かった。

2

四月六日の公示日が過ぎ、世間はにわかに騒がしくなった。選挙カーが走り回り、候補者の名前が連呼される。

選挙になるといつもこうだ。駅頭の選挙演説や選挙カーからの大音響については、不快に思うことが多い。もっとましな選挙運動はないのかと、樋口はいつも思う。

だが、実際にあれ以上効果的な選挙運動はないのだろう。ウェブサイトやSNSを使った選挙運動も可能になったが、まだまだ直接的な効果があるとは思えない。

将来的にはどうかわからない。特に若者は、新聞やテレビなどよりインターネットで情報を得る機会が多いはずだ。そして、彼らはおそらく既存の選挙運動に対して不快感を抱いているのではないだろうか。

俺でさえうんざりなのだ、と樋口は思う。

四月十四日火曜日。樋口は定時に本部庁舎を出て帰宅した。自宅に着いたのは、午後七時前だった。

「あら、早いのね」

恵子が驚いた顔で言った。たしかに、定時で帰宅できるのは珍しい。

「照美は?」

「まだよ」

照美は四月から会社勤めが始まった。

「学生気分が抜けずに、苦労しているだろうな」

「まだ研修の最中みたいよ。学生みたいなもんじゃない？」

その照美が帰宅したのは、午後八時過ぎだった。樋口たちは、夕食を食べずに待っていた。

照美は言った。

「待ってることないのに。先に食べててよ」

恵子が言った。

「いっしょに食事できるなんて、貴重な機会じゃない？」

樋口が食卓にいないのは珍しいことではない。恵子が言ったとおり、こういう機会は逃すべきではないと、樋口は思った。

照美が着替えるのを待ち、夕食が始まった。かといって、樋口は特に会話しようとは思わない。娘はある時期、父親を嫌悪する。照美にもそういう時期があった。その記憶がまだ鮮明に残っており、樋口は自分から照美に話しかけるのをついためらってしまうのだ。

照美が言った。

「そうそう。今度の土日で、友達と箱根に行こうと思って……」

恵子が即座に応じた。

「あら、箱根。誰と？」

「サチコとマキ」

これは大学時代の友人の名前だ。会ったことはないが、樋口も何度か耳にしている。父親としては、娘が泊まりがけで旅行に行くとなれば気が気ではない。だが、樋口はそれをなるべく顔に出さないようにする。

娘にも気をつかってしまうのだ。父子《おやこ》に何の気がねの必要がある、と言う者もいるが、樋口は子育てを妻に任せっきりという負い目がある。

あまり子供の面倒を見てやった記憶がないのだ。それで父親面ができるのだろうかと自問してしまうのだ。

「ちょっと待て……」

樋口は気づいて言った。「今度の土日って言ったか？」

照美は樋口を見てうなずいた。

「そう」

中学生から高校生になる頃には、顔も見ようとしなかった。照美はすでにそういう時期を卒業したのだ。それはわかっているが、なんだか娘の顔がまぶしく感じられる。

「選挙はどうするんだ？」

樋口が言うと、照美は怪訝《けげん》そうな顔をした。

「選挙？」

「今度の日曜は衆議院の選挙だ」

「そうだっけ……」

「土曜から箱根に行って一泊するとしたら、帰ってくるまで選挙に行けないということだ。選挙は午後八時までだから、それまでに帰ってこられれば選挙に行けるが……」

照美は戸惑ったような顔をしている。

助け船を出すように、恵子が言った。

「お父さんは、選挙には必ず行くのよ」

「でもさ」

照美が樋口を見て言った。「選挙に行っても何も変わらないじゃない」

おそらくこれが、今の日本の若者の代表的な意見なのだろう。天童に言ったとおり、樋口自身も若い頃はそう思っていた。

樋口はこたえた。

「変えようとしなければ、何も変わらないさ」

「何回選挙をやったって、与党が勝つんでしょう。それで、国会って多数決だから、結局与党のやりたい放題なのよね。どんなに野党が反対しても結局与党の思い通りになるじゃない」

「今の政権に不満を持っているということか？」

「特に不満があるわけじゃない。例えば、の話よ。選挙じゃ何も変わらないという話」

「そんなことはない。過去に政権交代した例はある」

「でも、結局国民の期待にはこたえられなかったじゃない。政権交代はあくまでもイレギュラーな出来事なわけでしょう？」

「レギュラーもイレギュラーもない」

「でも、戦後ずっと政権がほとんど変わらなかったわけでしょう？」

「その言い方は正確じゃないな。今の体制の元となっているのは、五五年体制だ。つまり昭和三十年にできたものなんだ。もっとも、野党についてはずいぶんと様変わりしているがな……」

「お父さんが選挙に行くのはなぜ？」

「それが民主主義の原則だからだ」

「地盤、看板、鞄。それが選挙でしょう？　そんなのが民主主義なわけ？」

「選挙の三バンなんて、よく知ってるじゃないか」

「これでも大学出てますからね。民主主義だなんて言って、選挙も世襲制みたいなもんでしょう？　それって封建主義と変わらないじゃない」

「それは暴論だな。二世三世の議員は少なくないが、全議員の中では多数派というわけじゃない」

「閣僚の六割が世襲議員なのよ」

そう言われて樋口は驚いた。

「そうだったかな……」

「大臣の多くが世襲議員だなんて、封建制度そのものじゃない」

「それでも選挙に行くべきなんだ」

「どうして？」

「選挙にも行かない者は、政治について語る資格はないと思うからだ」

その言葉に、照美は考え込んだ。

樋口は、何か説明を付け加えなければならないと思った。

「民主主義というのは、絶えず求めつづけなければならないのだと思う。制度がそうなっているから、と安心していてはいけない。よこしまな政権担当者は、国民から権力を奪おうとする。そういう動きと常に戦わなければならないんだ。その第一歩が選挙だと、父さんは考えている」

そう言ってから樋口は、照美の表情をうかがった。すっかり白けた気分になっているのではないかと思ったのだ。

だが、そうではなかった。照美は言った。

「お父さんの言うこともわからないではない。そうね……。じゃあ、今回は選挙に行ってみる」

「午後八時前に帰ってくるということか？」

「期日前投票でいいんでしょう？」

「もちろんだ」

食事が終わると照美はすぐに部屋に引っ込んだ。それでも、久しぶりに会話ができたことで、樋口には充足感があった。

「私も選挙に行かなくちゃね」

「そうすべきだな」

恵子がどの候補に入れるのか、これまで樋口は尋ねたことはない。政治的な信条については夫婦の間でも束縛し合うべきではないと思っている。

そこまで厳密に考える必要はないのかもしれないが、人はあらゆる局面で政治的に自由でなければならないというのが樋口の基本的な主張だ。

そこをいい加減にしていると、いつしか為政者は巧妙に国民の権力を奪いはじめる。実は、樋口は今の政権が危険だと感じている。

根拠はマスコミの動きだ。大手のマスコミはほとんど政権の言いなりなのだ。古今東西、これはきわめて危険な兆候だ。

だが、同時に警察官にとっては好都合とも言える。もともと警察とは権力側の存在だ。それは間違いない。

しかし、と樋口は思う。

その場合の権力が、国民一人ひとりのものであると思いたい。主権在民が基本だ。権力とは本来、為政者のものではなく、国民のものなのだ。

理想論であることはわかっている。だが、理想を忘れたときに、民主主義も終わる。そういうものだと樋口は思っていた。

投票日直前に事件が起きなければいいがと思っていた。警察官は何か予定があると、たいていそう考える。

何事もなく投票日がやってきた。日曜日で当番日でもなかったので、樋口は午前中に恵子とともに投票所へ出かけた。

午後九時過ぎに照美が帰ってきた。いつものとおり、部屋に閉じこもるものと思っていたら、リビングルームにやってきて、テレビを見はじめた。選挙速報だ。

樋口は照美に言った。

「なんだ。これまで選挙速報なんて見たことなかったのに……」

「投票したらその結果に関心が湧く。そういうもんでしょう」

たしかにそのとおりだ。投票行動は、政治参加の第一歩なのだ。

どうやら照美が投票した候補は落選したようだ。それでも照美は選挙速報を見つづけている。

今回の選挙の白眉は東京五区だった。圧倒的に有利だと言われていた現職の与党議員を破り、野党第一党の新人が当選したのだ。

「やっぱり、結果は変わらないかあ……」

あらかた大勢が見えてきた午後十一時過ぎ、照美が言った。つまり、全体としては現与党の勝利だった。

「野党も健闘したじゃないか」

樋口は言った。「東京五区の秋葉《あきば》康一《こういち》の当選は大きいと思う」

「そうかなあ……」

釈然としない表情だ。「明日は会社だから、もう寝るわ」

そう言うと照美は、自分の部屋に向かった。


翌日の月曜日、氏家から電話があった。

「どうした」

「なんだか、むしゃくしゃしてな……」

彼がこんなことを言うのは珍しい。いつも飄々《ひょうひょう》としていて、嫌なことがあっても柳に風と受け流すのが彼の長所なのだ。

「どうしたんだ？」

「この仕事、俺は性に合わん」

「選挙係のことか？」

「ああ」

「何があった？」

「今朝早くから、選挙違反のガサだ」

「選挙があったんだから当然だろう。それがおまえたちの仕事だ」

「露骨なんだよ」

「露骨？」

「何度も当選しているような与党のベテラン議員のところには手入れはしない。野党で初当選といった議員のところを狙い撃ちのようにガサをかけるんだ」

樋口はふと不安になった。

「おまえ、どこから電話している？」

「ガサの帰りだ。外からだよ」

「近くに人はいないだろうな」

「相変わらず心配性だな。俺だってそういうことには気をつけるさ」

「ベテラン議員は選挙に慣れているから違反になるようなことは滅多にやらない。一方、新人はうっかり違反になるようなことをしてしまう。そういうことじゃないのか？」

「まあ、そういうたてまえで、野党の新人なんかを調べるわけだがな……」

ふと気になって尋ねた。

「どこにガサに行ったんだ？」

「東京五区の秋葉康一の事務所だ」

「大金星で目立つ議員だから、しょうがないな……」

「そんな単純なことじゃなさそうだ」

「単純なことじゃない？」

氏家は声を落とした。

「以前、東京地検特捜部のやつらが、二課長を訪ねてきたのを覚えているか？」

「ああ、覚えている」

「連中が帰った後、課長に呼ばれて、内偵を始める候補者の名前を聞いた。その中に、秋葉康一の名前があった」

樋口は眉をひそめた。

「当選する前から、二課がマークしていたということか？」

「そういうことになるな」

樋口はそっと周囲を見回した。話を聞かれている様子はない。それでも、声を落とした。

「東京地検特捜部と何か話し合ったということなのか？」

「課長に呼ばれたタイミングからして、そういうことだと思う」

「しかし、それは……」

その先の言葉が出てこない。氏家が言った。

「こんなことは、おまえにしか言えない」

「しばらくは、選挙違反の摘発などで忙しいんだろうな」

「もし……」

氏家が一瞬迷ったように言葉を切ってから言った。「もし、秋葉康一が議員辞職などということになったら、なんかヤバいと俺は思うんだ」

「ヤバい？」

「この国のシステムはちゃんと機能していないということだからな」

「おそらく、おまえの考え過ぎだろう」

「そうだといいがな……。妙な電話で済まなかったな」

「それは構わないが……」

「誰かに話さないと、むかついてパンクしそうだったんでな。じゃあ」

電話が切れた。

樋口は、携帯電話をポケットにしまい、思った。

氏家も慣れない仕事で参っているのだろう。だから、些細なことが重大なことに思えてしまうのだろう。

選挙後の違反チェックは、捜査二課の通常の仕事のはずだ。その中にたまたま秋葉康一が含まれていただけなのだろう。

そのうち氏家も落ち着くだろう。あいつのことだから、数日経てばけろりとしているに違いない。

樋口はそう思うことにした。


中年男性の死体が発見されたという無線が流れたのは、その二日後のことだった。

「発見現場は、世田谷区代沢五丁目だ」

天童が樋口を呼んで言った。「他殺ということになったら、樋口班、出動してくれ」

「了解しました」

今頃、機動捜査隊や所轄の鑑識が現場に到着しているだろう。事件性が疑われたら、捜査一課の殺人犯捜査係と検視官にお呼びがかかる。それまで待機だ。

樋口は席に戻り、係員たちにそれを告げた。

十五分後に、再び天童に呼ばれた。

「どうやら殺しらしい。ヒグっちゃん、行ってくれ」

「はい」

樋口以下十四名の殺人犯捜査第三係、通称樋口班は捜査車両に分乗して現場に向かった。


遺体が発見されたのは、マンションの駐車場だった。現場のあたりは、高い建物がなく、たいていは二階建てだ。

そのマンションも二階建てだが、造りは高級そうだった。駐車場も小さく、車は四台しか置けない。その奥に人が倒れていたのだ。

駐《と》めてある車の陰になっており、発見が遅れたという。第一発見者は、近所の住人だ。犬の散歩の途中に見つけたらしい。犬が吠《ほ》えるので、妙に思って覗いてみたら、人が倒れていたということだ。

樋口班の係員たちが、機動捜査隊員や所轄の捜査員からそれらの事実を聞き出した。

係員の一人がさらに言った。

「二階建てですが、高級マンションらしいですね。一世帯当たりの面積が広いようです」

彼の名前は、小椋重之《おぐらしげゆき》。樋口班に一人だけいる警部補だ。彼の話が続いた。

「各世帯の部屋数も多くて、これだけの建物に四世帯が入っているだけです」

たしかに建物の敷地面積は広い。独身向けのワンルームや1DKなどを何部屋も作ったほうが儲けが出るのではないかと、樋口は思った。

おそらく高級な集合住宅を作るというのがオーナーのポリシーだったのだろう。たしかに、そのほうが管理はしやすいだろう。オーナーとしてはどうしても、住民の質を考えなくてはならない。

樋口は尋ねた。

「被害者は、ここの住人ですか？」

「ええ、そのようです。住人の一人が、遺体の写真を確認してくれました」

「家族ですか？」

「いえ、そうではなく、隣の部屋の住人です。被害者はどうやら一人暮らしだったようで……」

樋口は驚いた。

「一人暮らし？　この高級マンションに？」

「ええ」

「間取りは3DK以上ですね？」

「3LDKで、リビングは十畳以上あるそうです」

「そこに一人暮らしとは……」

「俺も意外だったんで、質問してみましたよ。何か事情があるのかって……」

「それで？」

「別に、だそうです」

「別に……？」

「ええ。別に理由などないだろうというんです。こういう高級マンションに住むような金持ちの考えることは、俺たち庶民には理解できませんよね」

「身元は？」

「氏名は、相沢和史《あいざわかずし》。年齢は四十五歳。職業その他についての調べはこれからです」

「隣人は、被害者の職業を知らなかったのですか？」

「知らなかったようですね。そういうことを詮索しないのが、最近の集合住宅の風潮なんですね」

「特に、高級マンションではそうなのかもしれない」

樋口が言うと、小椋は何度もうなずいた。

「死因は？」

「検視官は、司法解剖に回したいと言っていましたが、どうやら失血死のようです」

「刺されていたんですか？」

「ええ。何カ所か……」

「凶器は？」

「出ていません」

「刺殺ということなら、犯人は返り血を浴びている可能性がありますね」

樋口は、周囲を見回した。どこかに防犯カメラはないかと思ったのだ。それを察したように、小椋が言った。

「今、防犯カメラを当たっています。遺体発見現場が直接映るようなカメラはないんですが、付近のカメラで、不審な人物や車両が見つかるかもしれません」

そのとき、樋口の携帯電話が振動した。相手は天童だった。

「はい、樋口」

「捜査本部ができることになった。樋口班はそのまま北沢署に詰めてくれ。私もそちらに向かう」

「了解しました」

電話を切ると、樋口は小椋に言った。

「北沢署に捜査本部ができます。みんなにそう伝えてください」

「はい」

小椋は樋口のもとを離れていった。樋口は、遺体発見現場の駐車場を眺め、そしてマンションの玄関を見た。

さて、捜査本部となると、しばらく忙しくなる。

そんなことを思いながら、ブルーシートをかぶせられた遺体に近づいていった。

3

遺体のそばに検視官の安田淳一《やすだじゅんいち》がいた。ベテランの捜査員で階級は警視。法医学の研修を受けており、彼の見立てに間違いはない。

樋口が会釈をすると、安田検視官が言った。

「あれえ、ヒグっちゃんの班が担当なの？」

殺人現場にはあまりそぐわない軽い口調だ。安田検視官はその言動がいかにも軽薄そうなので、信用できないという人もいるが、決してそんなことはないと樋口は思っている。

逆にどんな現場でも、自分のペースを決して崩さない安田は信頼に足る人物だと思っていた。彼の軽妙さに助けられたこともある。強行犯を担当する刑事はさまざまな死体と向き合わなければならない。

どんなに場数を踏んでも慣れるものではない。現場ごとに、何とか自分で気持ちの整理をつけなければならない。そんなとき、安田の軽さが救いになることがあるのだ。

「刺殺ですね？」

樋口が尋ねると、安田はこたえた。

「ああ。見てのとおりだ。まだ若いのに、気の毒にな」

「若い……？」

その言葉に、樋口は思わず被害者を見た。ずんぐりと太った被害者はとても若くは見えない。

「ああ、そうだよ。俺たちから見れば、ずいぶん若いさ。ヒグっちゃん、あんたもだよ」

「そんなに違わないでしょう」

「いや、五十を過ぎてみればわかるよ」

樋口は遺体の脇にかがみ、手を合わせてから見分を始めた。おびただしい血が出て地面に大きな血だまりを作っている。

何ヵ所か刺されているのが見て取れる。安田検視官が、樋口の横にしゃがんで言う。

「背中も刺されているが、腹も刺されている。遺体がうつぶせになって見えないがな……」

検視官は遺体を動かしたのだ。つまり、鑑識の記録作業は終わっているということだ。樋口も動かして腹のほうを見ることにした。

安田が手を貸した。

「これ、腹を先に刺されたんだよね。うつぶせに倒れたところを、また刺された。背中の傷はそれだろう」

遺体の姿勢を見れば、何が起きたかだいたいわかる。原因と結果を考えればいいのだ。遺体はうつぶせで発見されたようだから、安田が言ったとおりかもしれない。

だが、違う可能性もある。

「後ろから刺され、驚いて振り向いたところをまた刺された。そういう可能性もありますね」

「いやあ、ヒグっちゃんは慎重だな。でも俺の言うこと、信じてよ」

「もちろん信じています。その上で、言っていることです」

「根拠は血痕だよ。刺されて振り向いたら、血痕がそういう形で残るはずだ。だが、回転を物語る血痕はない」

「わかりました」

「俺も、ヒグっちゃんのそういうところ、見習わなきゃなあ」

「とんでもない……。私はとても安田検視官にはかないません」

「慎重なのは悪いことじゃない。じゃあ、俺は引きあげるよ。ヒグっちゃんたちは、これから北沢署だろう？」

「ええ、そうです。検視官は行かれないのですか？」

「俺は本部で天童に報告するよ」

彼は天童より年上だから呼び捨てにできる。

「管理官も北沢署に向かうと言っていました。一課長もそうだと思います」

安田が顔をしかめた。

「なんだよ。報告する相手がいないじゃないか。しょうがないな。じゃあ、俺も北沢署に向かうか。ヒグっちゃん、車？」

「ええ、捜査車両で来てます」

「じゃあ、乗っけてってよ」

「わかりました」

「じゃあ、早く行こうよ」

樋口は戸惑いながら言った。

「ええと……。もう少し現場を見たいんですけど……」

「あっそ。じゃあ、俺車で待ってるから……。どの車？」

樋口は近くにいた係員に、案内するように言った。

二人が離れていくと、入れ違いで小椋が戻ってきた。

「検視官はもう終わりですか？」

「ええ。北沢署に同行することになった。車で待っているそうです」

「検視官の見立ては？」

「最初に腹部を刺され、うつぶせに倒れたところを、背面からさらに刺されたようです」

「執拗な攻撃ですね」

「そうですね。怨恨を感じます」

「同感です。ただの物盗りとか行きずりの犯行ではないように思います」

「被害者宅は見られますか？」

「遺族の許可か令状がないとだめですね。現場とは言い難いですから……」

樋口はうなずいた。

「一人暮らしでしたよね」

「ええ、これから近親者等を探します」

樋口は再びうなずき、周囲を見回した。何か違和感はないだろうか……。犯行現場では何よりそれが大切だと教わった。

優秀な刑事は、その違和感だけで事件を瞬時に読み解けるのだという。あとの捜査はその答え合わせに過ぎない。答え合わせとはつまり証拠固めだ。

先ほど、遺体を見たときに感じた「怨恨」という要素は大きい。それが事件の核を成すという確信がある。

ジグソーパズルの絵柄がわかっているようなものだ。あとはピースを見つけてはめ込んでいけばいい。

「じゃあ、俺は北沢署に向かいます。みんなの上がり時間を決めましょう」

樋口は時計を見た。もうじき午後四時だ。「午後六時です。何かあったら、携帯に電話をください」

「了解しました。遺体を北沢署に運びますがいいですか？」

「ええ、運んでください」

それは所轄の仕事だ。別に嫌な仕事を押しつけているわけではない。何事も役割分担だと樋口は思った。

車に戻ると、中で安田が待っていた。後部座席にいる。樋口は運転席に座った。

「え？　なに？　ヒグっちゃんが運転するの？」

「ええ。それが何か……？」

「普通、下っ端の係員が運転するんじゃないの？」

「今みんな、聞き込みに回っていますんで……。十八時に北沢署に上がる予定です」

「俺たちだけで車使っちゃっていいの？」

「構わないと思います」

本当は係員のために車を残して、自分は電車か何かで移動しようと思っていた。北沢署の最寄りの駅は小田急線の梅ヶ丘だ。ここからだと下北沢から小田急線に乗れる。

だが、検視官に車があると言ってしまった以上、今さら電車で行きましょうとは言えない。

こうして俺はいつも他人の顔色をうかがっている。樋口はそんなことを思いながら、車を出した。


北沢署の講堂はまだ捜査本部の体裁が整っていない。ちなみに、樋口たちはただ「捜査本部」と呼んでいるが、殺人を扱うからには実際は特別捜査本部だ。

特別捜査本部長は、形式上警視総監ということになるが、総監が陣頭指揮を執ることは稀《まれ》で、刑事部長が代理を務めることが多い。

さらに部長も多忙なので、実際に現場を仕切るのは捜査一課長と管理官だ。

天童が一足先にやってきている。

「おう、ヒグっちゃん。安田検視官といっしょか」

安田検視官が天童に言う。

「早いじゃないか。被害者は派手に刺されてたよう」

「複数の刺創があったということですね？」

「ああ。腹部にも背中にも……」

樋口は天童に報告した。

「現場は、被害者が住むマンションの脇の駐車場です。周囲に防犯カメラがないか当たっています。被害者は一人暮らしだったので、現在身寄りを探しています。遺族が見つかり次第、住居に立ち入る許可を得ようと思います」

それを聞いた安田が言った。

「え？　まだ立ち入ってないの？　いいじゃない。管理人とか不動産屋とか見つけて鍵開けちゃえば……」

天童が言った。

「無茶言わないでくださいよ」

「俺たちが若い頃は、そういうのがんがんやったじゃないか」

「時代が違います。違法捜査にはことさらにうるさいんですよ」

「どこもかしこもコンプライアンスだなあ。みんな息苦しくないのかね」

「決められたことを守るのは当然のことでしょう」

「そういうの、善し悪しだと思うよ。自動車のハンドルだってガチガチじゃなくて、遊びが必要じゃない。なんか、世の中せちがらいっていうか……」

安田がそう言うのもわかる気がする。樋口はそう思っていた。

コンプライアンス、つまり法令遵守は必要だ。しかし、人の営みは法だけで解決できるものではないだろう。

移民国家であるアメリカは住民の価値観が多様だ。だから、日常的に法による判断が必要になる。それ以外に共通認識が期待できないからだ。

日本もそんな国になってしまったのだろうか。戦後日本は、何でもかんでもアメリカの真似をしてきたように思う。

アメリカに対して常にコンプレックスを持ち、アメリカの映画や音楽、テレビドラマを積極的に受け容《い》れた。米英の文化を徹底的に排除していた戦時中の恨みを晴らすかのような勢いだった。

エンターテインメントを享受している間はまだよかった。ある時からビジネスのありかたも真似をするようになった。アメリカのビジネスは弱肉強食が原則であり、効率が優先だ。

規制緩和の名のもとに、国内の金がアメリカ資本を始めとする一部の企業に集中した。外資系の保険会社などが国民の預貯金を吸い上げていった。

そんなことが続き、経済的な格差が広がると、国民はこの国の未来に希望が持てなくなった。株価がいくら上がっても、庶民の暮らしはいっこうに楽にならない。そんな構造ができあがってしまった。

それもこれも皆、日本企業が本来の姿を見失い、アメリカの真似ばかりしているからではないか。

いや、樋口は経済や経営については素人だから、安易な批判はひかえるべきだと思う。それでも日本が多民族国家の真似をする必要はないと考えてしまうのだ。

そうこうしているうちに、講堂には机が配置され、電話が設置された。窓際に無線機が並び、庶務担当者たちの席にノートパソコンが並んだ。

天童が言った。

「ヒグっちゃんは、管理官席に座ってくれ。所轄の係長もいっしょだ。安田さんは幹部席ですかね……」

「よせよ。総監と同席するなんて、冗談じゃないよ」

「総監は来るかどうかわかりませんよ」

「それでも部長は来るだろう。署長さんも来る。やだね。俺は捜査員席でいいよ」

「そうはいきません。じゃあ、検視官も管理官席にどうぞ」

「俺、報告したらすぐに帰るからね。あんたらもあまり無理しちゃだめだよ。働き方改革だからね。厚労省に叱られるよ」

天童が苦笑した。

「私らが寝てたら、日本の治安は守れませんよ」

天童の言うとおりだ。この国の治安は、全国の常に寝不足の警察官たちによって守られているのだ。特別捜査本部ともなれば、捜査員は不眠不休だ。

樋口が席に着くと、安田検視官も椅子に座った。樋口の席は天童の隣だった。安田は天童の向かい側の席だ。

事件が起きると時間が早く過ぎていく気がする。気がつくと、上がり時間の午後六時だった。捜査員たちが集合する。樋口班が十三名だ。それとバランスを取るように、所轄の係員が集められた。

捜査本部ではたいてい、警視庁本部の捜査員と所轄の係員がペアを組む。だから、人数のバランスが取れている必要がある。

所轄の刑事課強行犯係にそんなに人数がいるとは思えないから、刑事課の他の係や地域課などから人員を確保することになる。

地域課の係員にとっては、捜査本部や特捜本部に参加するのはいい経験になる。昔は喜んで参加したものだが、最近は不眠不休の捜査が嫌で、敬遠されがちだという。

警察官も変わっていくのだろうかと、樋口は少々不安に思う。

捜査員がそろうと、ほどなく幹部がやってきた。捜査員たちは全員起立して彼らを迎える。やはり総監の姿はない。最初に入室してきたのは田端守雄《たばたもりお》捜査一課長だ。続いて北沢署の署長、最後が刑事部長だった。

このタイミングで彼らが現れたということは、天童が上がりの時間を課長に報告していたのだろう。幹部はそれに合わせてやってきたということだ。

刑事部長が「すぐに始めよう」と言った。それを受けて田端捜査一課長が天童に言った。

「これまでにわかっていることを報告してくれ」

天童が被害者の氏名と年齢を報告。職業など詳しいことは現在捜査中と告げた。

田端課長が尋ねた。

「殺しなんだな？」

それにこたえたのは安田検視官だった。

「間違いなく殺人です。少なくとも、五ヵ所の刺創が見て取れました。腹に二ヵ所、背中に三ヵ所です」

「殺害現場は遺体発見現場と同じなのか？」

「同一です」

「マンションの脇の駐車場と言ったな。そこで襲撃されたということだな。死亡推定時刻は？」

「司法解剖してみないと詳しいことは言えませんが、おそらく昨夜十一時頃から未明にかけてだと思います」

田端課長が言った。

「遺体はどこにある」

「署の霊安室にあります」

「では、至急司法解剖の手配をしてくれ」

「了解です」

「その他に何か？」

「自分からは、以上です」

天童が安田検視官のあとを引き継いだ。

「被害者は一人暮らしだということで、現在遺族を探しています。犯行が屋外だったために、まだ自宅マンションへの立ち入りは行っておりません。遺族の許可かガサ状が必要ですので……」

田端課長が思案顔で言った。

「遺族を見つける手がかりが部屋の中にあるかもしれない。だが、部屋に入るには遺族の許可が必要、か……。ジレンマだな。よし、至急捜索差押許可状を取ろう」

「了解しました」

「その他に何か？」

捜査員席で小椋が挙手をした。田端課長が指名すると、彼は立ち上がって言った。

「現場付近で防犯カメラを発見しました。区の所有なので、記録映像を入手する予定です」

「入手できたら、ＳＳＢＣに解析を依頼してくれ」

ＳＳＢＣは捜査支援分析センターの略だ。

「了解です」

小椋はそう言って着席した。

田端課長が刑事部長に何か囁《ささや》いた。刑事部長はうなずき言った。

「それでは各員、捜査を続けてくれ。早期に解決すればそれだけ早く帰れるぞ。では、私はこれで失礼する」

刑事部長が立ち上がると、捜査員たちも起立した。管理官席の樋口たちも立ち上がった。

刑事部長は悠然と出入り口に向かった。田端課長が立ったまま言った。

「では、班分けをしてすぐにかかってくれ」

課長の指示を受けて、樋口は北沢署の強行犯係長と班分けを始めた。ペアを作り、それを地取り、鑑取り、凶器及び遺留品捜査、予備班に分ける。

強行犯係長の名は綿貫亨《わたぬきとおる》といった。四十三歳の警部補だそうだ。樋口と綿貫係長は、予備班に組み込まれた。

「じゃあ、俺は引きあげるから……」

安田はそう言うと席を立った。天童が言った。

「ごくろうさまでした」

「おう、たいへんだが頑張ってくれ」

去っていく安田の後ろ姿を見ながら、樋口はうらやましく思っていた。自分なら、あんなふうに平然と特捜本部を出ていくことはできないだろう。

班分けが終わると、捜査員たちは次々に出かけていった。

「ヒグっちゃんと綿貫係長はここにいてくれ」

天童が言った。「俺の補佐をしてもらう」

樋口と綿貫係長はさっそく、手分けをして司法解剖の手配と捜索差押許可状の申請の準備をした。

司法解剖をしてくれる医療機関はなかなか見つからない。彼らは専門に解剖をしているわけではないので、人手が足りないのだ。

ようやくある大学の法医学教室に依頼することができた。

綿貫係長が言った。

「捜索差押許可状申請の書類が整いました。裁判所の窓口に行けば、おそらく三十分ほどで下りると思います」

天童が言った。

「受け取ったらすぐに地取り班に渡してくれ」

「了解しました」

樋口は綿貫係長に言った。

「あんたが行くことはないぞ。誰かに行かせればいい」

「みんな手一杯でしょうから、自分が一っ走り行ってくれば済むことです」

彼はそうこたえると、席を立った。

自分とそんなに年は違わないのに、ずいぶんとフットワークが軽いな。樋口はそんなことを思いながら、講堂を出ていく綿貫係長の後ろ姿を眺めていた。

4

捜査員たちが出払い、捜査本部の中はがらんとしている。電話連絡もそれほど多くはない。

幹部席で署長と田端課長が何事か話し合っている。おそらく今後の二人の予定について打ち合わせをしているのだろう。

署長は副特別捜査本部長だ。警視総監や刑事部長がいない場合、署長が最終的な判断を下すことになる。だが、署長も多忙だからずっと席にいられるわけではない。

そのときは、田端捜査一課長に一任することになるだろう。その打ち合わせをしているに違いない。

司法解剖や許可状の手配も終わったので、取りあえず急ぎの用はない。樋口は天童に言った。

「ちょっと電話をかけたいんですが、席を外していいですか?」

天童が苦笑した。

「そんなこと、いちいち訊かなくたっていいんだよ」

「じゃあ、ちょっと失礼します」

樋口は席を離れ、講堂を出た。そこで携帯電話を取り出し、妻の恵子にかけた。

「どうしたの?」

「北沢署に特捜本部ができた。今日は帰れるかどうかわからない」

「特捜本部ってことは、殺人？」

長いこと刑事の妻をやっているので、だいたい事情がわかるのだ。

「家族にも捜査情報を洩らすことはできない。それは知っているだろう」

「そうだったわね。わかった。着替えなんかは？」

「だいじょうぶだ」

警視庁本部に、下着やワイシャツの着替え、洗面道具などを入れたバッグを用意してある。それを取りに行けばいい。

自分で取りに行く暇がなくても、誰かに行ってもらえばいい。

「じゃあ」

樋口は電話を切った。他の捜査員や幹部たちが、特別捜査本部ができたことを家族に知らせているかどうかはわからない。もしかしたら、いちいちそんな連絡はしないのかもしれない。

だが、樋口は電話することにしていた。それが長年の習慣だ。

席に戻るとすぐに綿貫係長から連絡があった。その電話を樋口が受けた。

「許可状は？」

「下りた。これから現場の捜査員に届ける。ついでに、ガサに付き合うよ」

「必要ないだろう。戻ってくればいい」

「いや、付き合いたいんだ。それじゃあ……」

電話が切れた。

樋口は今の話の内容を天童に報告した。

「なんだ。ガサ状を渡したらすぐに引きあげてくればいいものを……」

「私もそう言ったのですが……」

「ここにいるのが退屈なんだろうな」

「退屈……ですか？」

「所轄の係長は現場に出ることが多いからなあ。予備班で本部に詰めているのが息苦しいのかもしれない」

「なるほど……」

午後八時を過ぎると、署長が席を立った。幹部席に残るのは田端課長のみとなった。彼はこのまま捜査本部に残るつもりだろうか。

立場上そうなるかもしれない。捜査一課長はたいへんだな……。

自分が課長になることはないと思っているので、樋口にとっては他人事《ひとごと》でしかないのだ。

午後八時十分頃、再び綿貫係長から電話があった。

「あらかたガサが終わった。被害者の仕事とかわかったよ」

「言ってくれ。メモを取る」

「『株式会社四つ葉ファイナンス』という会社の代表取締役だ。実在する会社かどうかは、これから調べる」

「代表取締役……。何の会社だ」

「部屋にあったパンフレットによると、出資者から金を集めて、その資金を運用するのが仕事だったようだ。いわゆるファンドというやつだな」

樋口はメモを取りながら質問する。

「遺族は？」

「実家が神奈川県横須賀市だ。宅配便の伝票があって、電話してみてわかった。実家には両親がいるということだ」

誰かが話を聞きにいかなければならない。その捜査員は、息子が殺害されたことを両親に告げなければならないのだ。

その役が自分に回ってこなければいいが、と樋口は思った。同じようなことを何度も経験している。だから、やり方は充分にわかっているが、決してやりたいことではない。

両親の名前をメモした。母親が千鶴子《ちづこ》、父親が義和《よしかず》だ。被害者の和史という名は、父親から一文字取ったのだろう。年齢は千鶴子が七十五歳、義和が七十七歳だ。

「他には……？」

「部屋にノートパソコンがある。これを押収して解析しようと思う」

被害者が生きていたら嫌がるに違いないと、樋口は思った。誰でもパソコンの中は覗かれたくない。

現代人にとってそれは、脳の一部と言っていい。誰にも見られたくないものが記録されていることが充分に考えられる。

だが、警察官はそんなことに頓着はしない。たとえどんなものが入っていたとしても驚くことはないだろう。

「わかった。他には……」

「取りあえず、急ぎで伝えるのはそれくらいかな」

「了解した」

「これから戻る。じゃあ……」

電話が切れた。

樋口はメモを見ながら、天童に報告しようとした。すると、天童が言った。

「課長のところへ行こう。そこでいっしょに聞く」

たしかにそのほうが効率がいい。樋口と天童は立ち上がり、幹部席に向かった。

被害者の勤め先等がわかったと告げると、田端課長が言った。

「おう、被害者は何者だ?」

天童が樋口を見て発言をうながした。樋口は言った。

「『株式会社四つ葉ファイナンス』という会社を経営していたようです」

「経営者か」

「代表取締役でした」

「何の会社だ?」

「どうやらファンドのようです」

「ファンド……？」

「一般から資金を集めてそれで投資などの運用をするわけです」

「そういうのは、往々にして失敗しがちなんじゃないのか？」

天童が言った。

「運用がうまくいっていたか、出資者にそれなりの還元があったかどうか……。そういうことを調べないといけませんね」

「犯行の動機につながるかもしれない」

樋口もその線はあり得ると思いながら、報告を続けた。

「両親が横須賀の実家に住んでいるということです」

「都内に縁者は？」

「まだ確認できていません」

「じゃあ、誰かに横須賀まで行かせよう。そうだな……」

田端課長はふと思いついたように言葉を続けた。「ヒグっちゃん、行ってくれるか。若い者には荷が重い。ヒグっちゃんなら安心だ」

やりたくないと思った仕事に限って自分に回ってくる。もっとも、警察の仕事で積極的にやりたいものなどあまり思いつかない。

課長の指示なので、断るわけにはいかない。樋口は言った。

「わかりました。これからすぐに向かいます」

八時二十分になったところだ。今からなら充分に行って戻ってこられる。

「他に何か？」

「北沢署の綿貫係長らが、被害者宅からパソコンを押収してくるそうです。それを解析すれば、いろいろなことがわかるはずです」

「それもＳＳＢＣに回そう。綿貫係長に、こちらに持ち込まず、本部庁舎に持っていくように言ってくれ」

「了解しました。報告は以上です」

田端課長がうなずいた。

樋口は席に戻ると、すぐに外出の準備を始めた。綿貫から聞いた被害者の実家の住所を携帯電話の地図アプリに打ち込む。

天童が言った。

「済まないが頼む。誰か捜査員に行かせようと思っていたんだが、課長直々のご指名だからな」

「だいじょうぶです。話を聞いたら、すぐに戻ってきます」

「正直、ヒグっちゃんが行ってくれてほっとしている。課長が言ったとおり、若い捜査員には荷が重いだろうからな」

俺にだって充分に荷が重いのだが……。

そんなことを思いながら、樋口は言った。

「じゃあ、行ってきます」

下り電車は混み合っていた。混雑のピークは過ぎているのだろうが、神奈川方面に向かう列車に空席はない。

横浜でようやく席が空き、樋口は座ることができた。

地図アプリの性能はたいしたものだ。まったく土地鑑がなくても、迷うことなく目的地に到着した。

相沢和史の実家は、京浜急行線汐入《しおいり》駅の近くにあった。到着したのが午後十時半頃だ。まだ、家の明かりはついている。樋口はインターホンのボタンを押した。

しばらくして、年配の女性の声が聞こえてきた。母親の千鶴子だろう。

樋口が、警視庁の捜査員で、お伝えしたいことがあると告げると、声がにわかに不安気になった。

玄関ドアが開き、年配の女性が顔を見せた。チェーンがかかったままだ。樋口は尋ねた。

「相沢千鶴子さんですね？」

「そうですが……」

「和史さんは息子さんですね？」

「はい。和史が何か……」

「お気の毒ですが、和史さんは亡くなられました」

相沢千鶴子が怪訝そうな表情になる。何を言われているのかわからない様子だ。樋口は、相手の言葉を待つことにした。

しばらくして、彼女は小さな声で「え」と言った。それきり言葉が出てこない。

樋口は言った。

「殺人事件がありました。和史さんは遺体で発見されました。たいへん残念です」

ドアが閉まった。樋口を拒絶したわけではないだろう。おそらくドアチェーンを外すためだ。

思った通り、ドアはすぐに大きく開いた。

「あの……、どういうことでしょうか……」

樋口は事務的に繰り返した。

「和史さんは、殺人事件の被害者となりまして、亡くなられました。まことに残念です」

こういう場合は、できるだけ事務的になることが相手のためでもある。こちらの対応に相手も引きずられるのだ。

「どうした……」

奥から父親らしい男性が現れた。樋口は、彼が義和であることを確認した。そして、千鶴子に言ったのと同じことを告げた。

「なんでそんなことに……」

「これからそれを明らかにしていかなければなりません」

ドラマや映画では、肉親の死を告げられると、いきなり泣き崩れたりするが、実際には樋口にはそういう経験があまりない。

遺族はただ戸惑うのだ。そして、どういう反応をしていいのかわからないように、呆然となる。

千鶴子はすがるように義和を見ている。義和は樋口を見ていた。

「それで、和史は今どこにいるんです？」

遺体がどこにあるかという意味だ。樋口はこたえた。

「警視庁北沢警察署に安置してあります」

「行こう」

「警察署へ、ですか？」

「この眼で見ないと信じられない」

「ごもっともです。では、ご案内します」

二人はすぐに外出の用意を始めた。千鶴子はまだ泣き出していない。ショック状態にあるのだ。泣き出すのはショックが去った後なのだ。


京浜急行の上り列車はがらがらに空いており、三人は座席に腰かけた。

三人とも口を開かなかった。樋口はこういう場合に言うべき言葉が思いつかない。そして、何を言っても意味がないことはわかっていた。

電車の中では事情を聞くこともできない。だから、ずっと黙っていることにした。

捜査本部に到着したのは、零時近くのことだ。まだ幹部席に田端課長の姿があった。事情を説明すると、田端課長はすぐに席を立ち、相沢和史の両親のもとにやってきた。

神妙な表情で、お悔やみを述べる。それを脇で見ていて、さすがだと樋口は感じていた。決しておざなりではない。心がこもっているように感じられるし、それでいて過度な感情移入がない。

田端課長が樋口に尋ねた。

「今夜は横須賀に戻るのは無理だろう。お泊まりは？」

樋口は二人に尋ねた。

「東京に身内の方などはいらっしゃいますか？」

義和がこたえた。

「息子だけです」

それを受けて、田端課長が言った。

「じゃあ、ホテルの部屋を押さえましょう。手配させますんで、ご安心ください」

樋口は相沢和史の両親と、田端課長に言った。

「では、霊安室にご案内します」

田端課長が言った。

「場所はわかるのか？」

言われて気づいた。北沢署内部のことはほとんどわからない。だが、警察署などどこも似たり寄ったりだ。何とかなると思った。

「そのへんで誰かに訊きます」

「それじゃ効率が悪いな。捜査本部内の北沢署の者に案内させればいい」

連絡係の一人を田端課長が呼んだ。制服を着た地域課の係員らしい。その若者は慌てた様子で飛んできた。彼に案内してもらい、樋口と相沢の両親は霊安室に向かった。

所轄の霊安室は狭い。そして、北沢署の霊安室もそうだった。小さな仏壇があり、ステンレスの棚が並んでいる。その中に遺体が保管されている。

部屋の中央には検視のためのステンレスの台がある。今、相沢和史の遺体はそのステンレスの台に載せられ、白い布で覆われていた。枕元に線香台があり、煙が一筋立ち上っている。

樋口は言った。

「では、確認をお願いします」

白い布をめくると、堰《せき》を切ったように千鶴子が泣き崩れた。今まで張り詰めていたものが一気に解けてしまったのだろう。

同時に、息子の死を現実として受け容れるしかないと悟ったのだ。義和は厳しい表情で遺体の顔を見つめていた。その眼からも涙があふれている。

長い沈黙があった。母親の嗚咽《おえつ》だけが聞こえている。

やがて義和が言った。

「息子です。間違いありません」

樋口はうなずいて言った。

「できれば、お話をうかがいたいのですが……」

この状況で事情を聞くのが酷だということは百も承知だ。だが、それをやるのが警察官だ。義和はうなずいた。泣き続ける千鶴子をどうしていいかわからない様子で眺めている。老夫婦は肩を抱き合うこともできずにいるのだ。

義和はもしかしたら、そうすべきかどうか迷っているのかもしれない。だが、結局何もせずただ悲しげに妻を眺めているだけだった。

樋口は言った。

「では、こちらへお願いします」

二人を特別捜査本部に連れて戻ることにした。


管理官席で話を聞いてもいいのだが、千鶴子が人目を気にしている様子なので、北沢署員に命じて刑事課の会議室を押さえさせた。

そこに移動すると、二人を椅子に座らせ、樋口はテーブルを挟んで向かい側に腰を下ろした。

「こんなことが起きたことについて、何か原因に心当たりはありませんか?」

樋口が尋ねても、二人ともうつむいたまま何もこたえない。もしかしたら、自分の言葉が聞こえていないのかもしれないと、樋口は思った。

質問を繰り返そうとしたとき、義和が言った。

「いつかはこんなことになるんじゃないかと心配していました……」

それはどういうことだろう。樋口は、質問を続けることにした。

5

「和史さんについて、何かご心配なことがおありだったのですか？」

樋口が尋ねると、義和はしばらく無言でいた。どうこたえていいのか考えているのだろう。

樋口が無言で待っていると、義和が言った。

「私には息子がやっていることが理解できませんでした」

「……とおっしゃいますと……？」

「私たちの時代は、ちゃんと大学を出て、大きな会社とかに就職したり、公務員になったりするのが幸せになる道だと考えていました」

樋口はうなずいた。

「そうですね」

樋口自身もどちらかというと、それが正しいと思うほうだろうと思った。事実彼は公務員になっているのだ。

「しかし、和史はまったく違う生き方をしました。学生の頃から会社を作ってみたり、卒業しても、就職するでもなく、マネーゲームに夢中になっていました」

「『四つ葉ファイナンス』という会社を経営されていたようですが……」

「会社といっても、ほとんど個人事業のようなものです。人様から集めた金で投資や投機をやって、いつも綱渡りの人生だったようです」

「……だったよう……？」

「ええ。実際に和史がどういう生活をしているのか、私らにはわかりませんでした。滅多に実家には顔を出しませんでしたし……」

「金銭関係のトラブルなどという話をお聞きになったことはありませんか？」

義和はかぶりを振った。

「何も知らないんです。あいつは何も話してくれませんでしたから。仕事はどうなんだと尋ねると、いつも、だいじょうぶだと言うだけでした」

「でも、心配なさっていたわけですね？」

「世の中がどんなものかは知っているつもりです。マネーゲームで渡っていけるほど世間は甘くはないでしょう。中には、投資や投機だけで大儲けをしている人がいるかもしれませんが、それはほんの一握りの、才能と運に恵まれた人でしょう」

「和史さんとの間で、金の貸し借りはありましたか？」

「貸し借りはありません。親ですからね。泣きつかれたら、ただ都合するだけです」

「そういうことがあったのですね？」

「二度ほどありました。私たちも年金生活ですから、それほど蓄えがあるわけじゃない。ですから、都合する金はせいぜい百万とか二百万です」

「それはいつのことです？」

「最初は二年前の六月。二度目は去年の六月のことです」

「二年前に渡されたのはおいくらですか？」

「そのときが百万円でした」

「二度目は？」

「二百万です」

「いずれも、六月ですね」

「その頃に、資金繰りに苦労していたんでしょう」

「どなたかと、金銭のことで揉めていたというような話をお聞きではありませんでしたか？」

「いいえ。そういうことは一切……」

樋口はうなずいた。

「そうですか……」

それまでずっと無言だった千鶴子がぽつりと言った。

「きっと、大勢の人から怨《うら》みを買っていたんじゃないでしょうか……」

樋口は尋ねた。

「どうしてそう思われるのですか？」

「人様から集めた金で儲けようだなんて……。そんなのうまくいくはずがありません」

実は銀行も保険会社もそうなのだが、それは言わないでおくことにした。心情的には、彼女の言わんとしていることは理解できた。

息子には地道に働いてほしいと考えていたに違いない。

また、銀行や保険会社と個人投資家の違いは、リスク回避の対策がどれだけ取れるかということだろう。

資金を分散することで、リスクも分散することができる。個人投資家のスケールだとなかなかリスクの分散ができないのだ。

千鶴子は、相沢和史がかなり危ない橋を渡っていたと考えているのだろう。そして、おそらくはそのとおりなのだ。

樋口は時計を見た。すでに午前一時を過ぎている。

「お疲れでしょう。ホテルまで誰かに送らせます」

義和と千鶴子は、うつむいたまま小さくうなずいた。


係員に捜査車両を出させ、それに義和と千鶴子を乗せて送り出すと、樋口は捜査本部に戻った。

夜中だろうが朝方だろうが、捜査本部は忙しく稼動している。特に、事件が起きて間もない時期はそうだ。

幹部席にはまだ田端課長がいたし、管理官席には天童と綿貫係長の姿があった。

樋口が席に戻ると、天童が言った。

「おう、済んだか。ごくろう。課長のところで話を聞こう」

天童、樋口、綿貫の三人は幹部席の田端課長のもとへ向かった。

「ヒグっちゃん」

田端課長が言った。「辛い役目を任せちまったな」

「いえ……」

「それで、話は聞けたかい？」

「父親の義和さんは、被害者の仕事のことを心配していたようです」

「つまり、うまくいっていなかったということか？」

「あまり連絡を取り合うこともなく、正確に息子の仕事がどういう状態なのか知っているわけではないようですが……」

「まあ、そういうのは、いちいち聞かなくてもわかるもんだよな」

「過去に二度、金の無心があったそうです」

「金の無心？」

「ええ。一昨年の六月に百万円。去年の六月に二百万……」

「こう言っちゃナンだが……」

天童が言った。「会社の社長の借金にしては金額が小さいな」

樋口がこたえた。

「あちらこちらから金をかき集めたんじゃないでしょうか。両親にまで金を借りようとしたのは、よほど困窮していたからでしょう」

田端課長がうなずいた。

「おそらくそうだろう。朝になれば、捜査員が会社のほうを当たるだろう。それで何かわかるかもしれない。それと、押収したパソコンにデータがあるんじゃないか」

天童が言った。

「確認させます」

綿貫係長がひかえめに言った。

「発言していいですか？」

田端課長が言う。

「もちろんだ」

「一昨年も去年も、金を無心したのは六月ですね。つまり、六月にまとまった金が必要になるということでしょう」

田端課長が尋ねた。

「何が言いたいんだ？」

「普通、会社は三月決算ですよね。株なんかの配当が、だいたい決算の三ヵ月後が目処ですから、六月になります」

「配当か……」

田端課長が思案顔で言った。「一般から金を集めたからには、その結果を出さなければならない。投資や投機で儲けが出なくても、利益が上がっている振りをして出資者たちに金を振り込んだのかもしれない」

天童が言う。

「それも、捜査員に当たらせましょう」

樋口はさらに言った。

「母親の千鶴子さんは、被害者が多くの人たちに怨みを買っているだろうと言っていました。人からかき集めた金を個人で運用しようなんて、うまくいくはずがない、と……」

「そうだなあ……」

田端課長が言った。「たいていは、そういうの、うまくいかないからなあ。結果は詐欺ということになってしまったりする」

樋口は言った。

「『四つ葉ファイナンス』は、会社といってもほとんど個人事業みたいなものだったと、義和さんが言ってました」

「まあ、電話とパソコンがあればできる仕事だからな」

田端課長が言った。「そういうことも含めて、朝一番に確認してもらう」

天童がうなずく。

「了解です」

田端課長が時計を見た。

「一時半か……。私はちょっと官舎で休ませてもらう。おまえさんたちも、適当に休め。幹部がぶっ倒れちゃ、しゃれにならない」

捜査員たちをコマと呼ぶ。おそらく将棋の駒から来ているのだろう。

コマは倒れても替えが利くが、幹部はそうはいかないと、捜査本部ではよく言われることだ。

実際、捜査員たちは寝不足でふらふらになるまで働かされる。人は寝ないと精神状態が不安定になるので、余計な喧嘩が始まったりもする。

だが、幹部たちは、本気でコマが倒れてもいいと思っているわけではない。それくらいの気合いでやれという意思表示なのだと、樋口は思っている。

捜査一課長官舎は目黒区鷹番《たかばん》だ。北沢署から車でならそれほどかからない。今帰れば充分と言えないまでもかなり休息が取れるだろう。

署や本部の仮眠室ではなく、官舎に戻るという心理的な効果も大きいはずだ。おそらく、この時間も、官舎の周りには記者がいるはずだが、今夜は記者対応はなしだろう。

殺人事件が起きたというのに、捜査一課長が帰宅するというのはどういうことだと、目くじらを立てる連中もいるだろうが、効率を考えれば休めるときに休んだほうがいい。

大詰めになれば、幹部も捜査員も徹夜になる。

捜査一課長が出ていくと、天童が言った。

「さて、俺たちは寝ずの番だな」

すると、綿貫係長が言った。

「電話連絡もぐっと減りました。この時間じゃ事態は動きません。管理官は今のうちに休んでください」

「そうはいかん」

天童が言った。「俺は、警視総監から特捜本部を預かる身だ」

「じゃあ、しばらくその管理官から自分たちが特捜本部を預かります」

樋口は、こういう場合何を言っていいのかわからず、黙っていた。捜査本部ができたからには不眠不休だ。漠然とそう思っていた。

刑事は所轄の時代から、それが体に染みついている。

天童が言った。

「ヒグっちゃんこそ、疲れているだろう。横須賀まで行って被害者のご両親をお連れしたんだ。ヒグっちゃんが休んでくれ」

樋口は慌てて言った。

「管理官を差し置いて休憩するわけにはいきません」

天童が顔をしかめた。

「何も、一人だけ休めと言っているわけじゃない。綿貫係長が言うとおり、交代で休むんだ。最初にヒグっちゃんに休んでもらおうというだけだ」

「しかし……」

樋口が言葉を返そうとすると、それを遮るように綿貫係長が言った。

「そうですね。それがいい。樋口さん、まず仮眠を取ってください。その後、管理官と交代していただきます」

「君はどうするんだ？」

「自分は朝の捜査会議前に少し眠らせてもらいます」

樋口は天童を見た。顔色はよくそれほど疲れた様子もない。それに比べ、自分はぐったりしているはずだと思った。

横須賀まで往復したという肉体的な疲労もさることながら、被害者の両親に対応した精神的な疲れが大きかった。

「わかりました」

樋口は言った。「じゃあ、少し眠らせていただきます」

綿貫係長が言った。

「幹部用に仮眠所を用意できず、捜査員といっしょに柔道場に敷いた蒲団《ふとん》で寝ていただくことになりますが……」

「寝られれば、どこでも構わない」

それは本音だった。寝心地のいいベッドなど期待していない。横になれればどこでもいい。

蒲団があれば御の字だ。

樋口は柔道場に移動して、壁際の蒲団にもぐりこんだ。本部が立ち上がったばかりで、捜査員たちは外回りやパソコン操作を続けている。だからほとんどの蒲団が空いていた。

四月後半だが、夜は冷え込む。ひんやりとした、かすかにベンジンくさい蒲団が体温で温まる前に、樋口は眠りに落ちていた。

目が覚めると午前四時だった。蒲団に入ったのが、一時五十分頃だから、二時間ちょっと寝たことになる。

仮眠としては充分だ。これでしばらくは持つ。

講堂に戻り、天童に言った。

「お先に休ませていただきました。その後、何かありましたか？」

「いや、動きはない」

「でしたら、天童さん、休んでください」

「そうだな。そうさせてもらう」

天童は席を立った。「何かあったら、遠慮なく叩き起こしてくれ」

樋口はうなずいた。

「そうさせていただきます」

天童がいなくなると、綿貫が言った。

「朝の捜査会議が九時と決まりました。捜査員の上がりが八時。それから管理官が情報整理して、会議に臨みます」

「了解だ」

「幹部が何人来るかわかりませんが、幹部さえいなければ、朝の会議なんてやる必要はないんですよね」

そういう意見は少なくない。事実、小規模の捜査本部では会議などやらないことが多い。係長か管理官のもとに情報を集め、そこから指令を出す。それだけで事足りるという意見だ。

樋口は言った。

「情報の共有は必要だよ。一人ひとりが捜査の進捗状況を把握することで、捜査員が能動的になれる」

綿貫係長は苦笑した。

「能動的もへったくれもないですよ。自分ら、言われたことをやるだけです。馬車馬みたいに、鞭で打たれて働きつづけるだけです」

「捜査員たちが幹部の指示どおりに動いてくれなくては困るのは確かだ。だが、何も考えなくていいというわけではない。彼らもいずれ幹部になるかもしれないんだ」

綿貫係長は肩をすくめた。

「警視庁本部の人はそう考えるかもしれませんね。でも自分ら所轄の人間は、目の前のことで精一杯ですね」

「本部だ所轄だという考え方はおかしいな。私だっていつ所轄に行くかわからないし、君が本部に異動することだって充分にあり得るんだ。今警部補だろう」

「ええ、そうです」

「警部になったら、昇進人事で本部に異動になるかもしれない」

綿貫係長は、何か言いかけてやめた。そして、あらためて口を開いた。

「そうですね。おっしゃるとおりです」

何を言いかけたのかは、樋口には想像がついた。

おそらく毎日の仕事がたいへんなのだろう。こんな状態でどうやって昇任試験を受ければいいんだ。彼はそう言いたかったに違いない。

樋口も同じことを考えたことがある。警部補のまま定年を迎えてもいいとさえ思った。

だが、その気になれば何とかなるものだ。この先、警視になれるかどうかはわからない。目指すべきだとは思っている。人間は常に上を目指さなければならないと、樋口は思う。

「いやあ、樋口係長は、管理官がおっしゃったとおりの人ですね」

聞き捨てならないと、樋口は思った。

「天童さんが、何を言ったんだ？」

「思慮深くて、なおかついつも前向き」

「それは買いかぶりだよ」

「そうですかね。自分も管理官の言われたとおりだと思いますよ。横須賀まで、被害者のご両親に会いに行かれたでしょう？　自分じゃなくて本当によかったと思ってますよ。いまだに、遺族に被害者の死を伝えるのは慣れません」

「それは、絶対に慣れることはないよ。覚悟の決め方を学ぶだけだ」

綿貫係長は、しばらく無言で樋口を見ていた。樋口は気まずくなり、言った。

「何だ？　俺が何か変なことを言ったか？」

「いえ、さすがだと思いましてね。そう、たしかにおっしゃるとおりだと思います。覚悟の決め方を学ぶというか、まあ、一種の諦めですね」

「私は何かを諦めたりはしない」

綿貫係長は笑った。

「ほらね、やっぱり前向きだ」

樋口は苦笑を返すしかなかった。

天童は明らかに買いかぶっている。思慮深いのではなく優柔不断なのだと、自分では思っている。

さらに前向きなのではなく、はみ出すのが恐ろしいのだ。周囲や上司の思惑など気にせずに、堂々と自分の意見を言うような同僚を、いつもうらやましいと思う。

警察社会では、そういうタイプは疎まれる。だが人生全体を考えると、結局は自分の意見をちゃんと言ったほうがいい結果になることが多いのではないだろうか。

例えば氏家だ。彼は、出世のことなど何も考えていないように見える。結婚する気すらなさそうだ。

だが、彼はちゃんと警部に昇進し、警視庁本部の係長に異動になったのだ。意外とちゃっかりしている。

天童は午前六時頃、戻ってきた。きっちり二時間だ。他の捜査員を起こすといけないので、携帯電話のタイマーなどは使えないはずだ。

体内時計だろうと、樋口は思った。二時間で起きようと強く思うと、自然と目が覚めるものだ。

「さて、交代だ」

天童が綿貫係長に言った。

「ありがたい」

綿貫はそう言うと、講堂の出入り口に向かった。

6

午前八時になると、捜査員たちが講堂に姿を見せはじめた。そしていつしか、捜査員席が埋まっていた。

八時十五分になると、綿貫係長が起きてきた。

「蒲団に入ったと思ったら、もう二時間経ってました」

綿貫はそう言って席に着いた。眠れるやつは頼りになると、樋口は思っている。悪いやつほどよく眠ると言うが、それだけ腹が据わっているということだ。

九時近くになり、捜査幹部たちが姿を見せた。刑事部長、北沢警察署長、田端課長の三人だ。捜査員たちは全員起立で彼らを迎える。もちろん、樋口たちも立ち上がっている。

刑事部長が、天童に言った。

「じゃあ、始めてくれ」

捜査会議が始まった。まずは、司法解剖の結果だった。樋口はそれについて知らなかったので、おそらく、横須賀に行っている間に届いたのだろうと思った。

報告によると、死因は失血死、死亡推定時刻は午後十一時から午前一時の間。刺創は腹部に二ヵ所、背中に三ヵ所の計五ヵ所で、最も大きなものは深さ約十八センチ、幅約四センチだった。その傷は腹部にあった。

刺創以外の傷はなかった。

そこまで天童が報告したとき、出入り口に複数の男たちが現れた。それを見ると、刑事部長が言った。

「ああ……。入って、空いている席に腰かけてくれ」

四人の男たちだった。その中に氏家の姿があり、樋口は驚いた。

氏家の隣にいるのは、二課長の柴原久雄警視正だ。

あとの二人にも見覚えがあった。氏家が、東京地検特捜部だと言っていた連中だ。

四人は捜査員席に向かった。すると、刑事部長が言った。

「柴原はこっちだ。課長だろう」

柴原捜査二課長は、一瞬戸惑ったように立ち止まり、それから幹部席の一番端に座った。それを見て、なるほど若いと、樋口は思っていた。

天童がその様子を、訝《いぶか》しげに見ている。

綿貫が樋口にそっと言った。

「いったい何者でしょう」

「二課と東京地検特捜部だ」

綿貫が眉をひそめる。

天童は黙って柴原捜査二課長のほうを見ている。

刑事部長が言った。

「殺人の被害者が、今捜査二課が追っている事案と何らかの関係がある可能性があるというので、彼らにも捜査会議に参加してもらうことにした」

綿貫がそっと言った。

「二課はわかるけど、なんで地検特捜部が……」

樋口も小声でこたえた。

「わからんな。ただ……」

「ただ何です？」

「あそこにいる氏家という男は、選挙係の新任係長だ」

「選挙係……？」

そのとき、刑事部長が言った。

「私語は慎むように」

樋口たちに言ったわけではないだろう。捜査本部内はざわざわしていた。それに対して一喝したのだ。

講堂内は一瞬にして静まりかえった。部長の一声はそれくらいに効果がある。

さらに刑事部長が天童に言った。

「じゃあ、続けてくれ」

「今日未明、被害者の両親から事情を聞きました……」

両親が、相沢和史の仕事の内容について心配していたことや、二度にわたって金の無心があったことを告げると、刑事部長が言った。

「資金繰りに困っていたということだな」

「多くの出資者を募っていたということは、彼らにそれなりの利益を保証しなければなりません。バブルの頃ならいざ知らず、投資や投機がそんなにうまくいくとは思えません」

「詐欺の可能性もあるということか？」

「それについても、これから調べを進めます」

すると、柴原が手を挙げて言った。

「ちょっとよろしいですか？」

刑事部長がうなずく。

「発言してくれ」

「詐欺となれば、我々二課の出番です。そのへんの事情を詳しく知りたいと思います」

「わかっている」

刑事部長が言った。「だが、まだ調べが進んでいない。金の動きなども、これから追っていくことになる」

柴原課長が言う。

「それ、うちでやりましょうか？」

すると、田端課長が声を上げた。

「何だって？」

彼は言ってしまってから、失敗だったと気づいたように、左右を見て押し黙った。

柴原課長が田端課長を無視するように、刑事部長に言った。

「我々は金の動きを追うことに慣れています。帳簿からいろいろなことを読み取ってご覧にいれますよ」

悪い話ではないと、樋口は思った。

たしかに二課は金のプロだ。金銭の動きをつぶさに追うのはたいへんな作業だ。それを引き受けてくれるというのだ。

だが、田端一課長は面白くなさそうだ。捜査に横槍を入れられたような気分なのだろう。現場をよく知っていて人望が篤い田端課長が、こんな顔をするのは珍しいと、樋口は感じていた。

刑事部長が言った。

「そうだな。場合によってはそういうこともあり得るかもしれない」

それにしても、二課がどんな事案を追っていて、相沢がそれとどう関係しているのか、何の説明もない。

捜査員たちは皆怪訝な表情だが、それも当然だ。幹部たちに説明してくれるように進言しようか。樋口はそう考えたが、結局自分が何も言えないことはわかっていた。

必要があれば、黙っていても説明してくれるはずだ。だから、余計な進言などして刑事部長の機嫌を損なうことはないのだ。

刑事部長が天童に尋ねた。

「他に何か？」

「現場付近の防犯カメラの映像を入手しており、解析中です。現時点では有効な情報は得られておりません」

「目撃情報は？」

「ありません」

「わかった」

それから、刑事部長は柴原二課長に言った。「捜査本部には、どういう形で関与するんだ？」

「連絡係として誰かを常駐させていただければ、と思います」

「わかった。問題ないだろう。誰が連絡係をやる？」

「氏家係長にやってもらおうかと思います」

「わかった。それでは、私はこれで失礼する」

部長が立ち上がると、ほぼ同時に北沢警察署長も立ち上がった。

「では、私たちもこれで失礼します」

柴原二課長が言った。捜査員席にいた東京地検特捜部の二人も立ち上がった。氏家だけが、渋い表情で腕組をしたまま座っている。

刑事部長たち一行が出ていくと、田端課長が言った。

「会議は終わりだ。二課の係長、ちょっと来てくれ。テンさんたちもだ」

天童が課長のもとに向かった。樋口と綿貫もそれについていった。

氏家がやってきて、無言で樋口にうなずきかけた。ひどく機嫌が悪そうだ。

田端課長が言った。

「係長は氏家君と言ったか？」

「はい。選挙係の氏家です」

それに天童が付け加えるように言った。

「氏家は、ヒグっちゃんとは古い付き合いです。私とも親しい」

それでも田端課長の表情は弛《ゆる》まなかった。

「選挙係だって？　じゃあ、被害者と関係あるというのは、政治家絡みか？」

氏家が言った。

「ええと……。申し訳ないんですが、自分にはそれについて発言する権限がありません」

「じゃあ、何のための連絡係だ？」

「捜査の進捗状況を二課長らに伝えたり、二課で分析する資料をお預かりしたりといった役目だと思いますが……」

「いっしょに来た二人は何者だ？」

「東京地検特捜部です」

田端課長は、一瞬言葉を呑み込んだ。代わりに氏家に尋ねたのは天童だった。

「なぜ地検特捜部が殺人の特捜本部にやってきたんだ？」

「ですから……」

氏家が少々苛立《いらだ》った様子でこたえた。「自分にはそういう質問にこたえる権限は与えられていないんです。質問なら、課長にお願いします」

「……と言っても、その課長はいない」

田端課長が言った。「何の説明もせずに、部長といっしょに出ていった」

田端課長の気持ちはわからないではない。刑事部長も捜査二課長も、ともにキャリアだ。テレビドラマと違い、キャリアとノンキャリアの対立などは滅多にない。

だが、対立はなくても不愉快に思うことはある。この場合、キャリアの二人が何か秘密を共有しているように思える。それは、叩き上げの田端課長にとっては面白くないだろう。

氏家は肩をすくめて言った。

「自分も、ここに来ると聞いたのは、つい先ほどのことでして……」

田端課長が尋ねる。

「それまでは何をしていたんだ?」

「選挙係ですからね。先日の選挙以来、選挙違反の捜査ですよ」

「それなのに突然、殺人の捜査本部を訪ねることになったのか?」

「そういうことです」

「理屈が通らんな」

「誰かの中では理屈が通っているんじゃないですか」

その言葉に、田端課長は目をむいた。

「その誰かってのは誰のことだ？」

「いえ……。一般論です」

天下の捜査一課長を相手に、こんな受けこたえができるやつは限られている。氏家はその限られた連中の一人だ。

だから樋口は彼に羨望を抱くのだ。

田端課長は眼をそらして言った。

「まあいい。この特捜本部に常駐すると言ったな」

「そういうことになりました」

「特捜本部の一員となれば、俺たちの仲間だ。そうだろう。きっちり働いてもらうぞ」

氏家が笑みを浮かべて言った。

「特捜本部とか捜査本部の経験が乏しいんです。二課に来る前は、少年事件課にいましたから……」

「存分に味わってくれ。席は管理官席でいいな？」

その問いには天童がこたえた。

「そうしましょう。予備班に入ってもらいます」

すでに捜査員たちは、ほとんどが外に出かけた。田端課長と氏家のやり取りをずっと見ていた者などいない。捜査員たちはそんなに暇ではないのだ。

管理官席に戻ると、天童が言った。

「田端課長が言ったとおりだ。ここに常駐となれば、私たちの仲間だ」

氏家が言った。

「いや、ああいうところ、田端一課長は噂どおりたいした人ですね」

「そうだな。普通なら敵に回すところだが、課長は自分の陣営に取り込んでしまう」

「自分は初めてですね」

綿貫係長がそう言って自己紹介した。氏家は「よろしく」と言った。

樋口の向かい側の席が空いていたので、そこが氏家の席になった。綿貫係長の隣だ。

皆が席に腰を落ち着けると、樋口は氏家に言った。

「あの東京地検特捜部の二人は、いつか柴原一課長と話をしていたやつらだな？」

氏家は無言でうなずいた。

「いったいやつらは何を追っているんだ？」

「こっちが教えてほしいよ」

「何だって？」

氏家は、天童と綿貫を見てからあらためて樋口に眼を戻して言った。

「俺はさ、ただここに連れて来られただけなんだ。課長や地検特捜部の連中が何を目論んでいるのか、まだ正確には知らされていない。あいつら、係長ごときはコマと同じだと思ってるんだ」

氏家がずっと不機嫌そうだった理由がわかった。彼も蚊帳《かや》の外に置かれていたようだ。

「だからといって、何も知らないわけじゃないだろう」

「ほとんど知らないに等しいよ。俺がこのところやっているのは、選挙事務所や議員事務所のガサ入ればかりだ。それも、課長からどこそこに行けと言われて、捜査員引き連れて行くだけだ」

「それをただ、はいそうですかとやっているだけのおまえじゃないだろう」

「何が言いたいんだ？　別に問題はないだろう。俺は自分の仕事をしているだけだ」

「相沢和史について、何か情報があるなら教えてほしいんだ」

氏家は顔をしかめた。

「だから、俺には発言する権限がないんだって言ってるだろう」

二人のやり取りを聞いていた天童が言った。

「それは通らないと、二課長に言ってやれ」

氏家が天童を見て言った。

「それは通らない……？」

「そうだろう。一方的に情報を吸い上げるだけだなんて、そんな虫のいい話があるか」

「それ、天童さんが二課長に言ってくださいよ」

「管理官ごときが課長に楯突けないよ」

「たまげたな。管理官にできないことを、新任係長にやらせようって言うんですか？」

天童は溜め息をついた。

「おまえさんなら言えるような気がしたんだがな……」

「無理に決まってるじゃないですか」

そのとき、綿貫係長が言った。

「課長には言えなくても、地検特捜部のやつらには言えますよ。やつらは、俺たちの上司でも何でもない」

意表をつかれたように、天童と氏家が綿貫係長を見た。

「そうだな……」

天童が言った。「ちゃんとした理由がない限り、彼らは捜査の部外者だ。部外者に捜査情報を洩らすわけにはいかない」

「こいつはまた驚きだ……」

氏家が言った。「地検が部外者ですって？」

天童がそれにこたえた。

「殺人を送検して、それを担当する検察官ならもちろん部外者などではない。だが、あの二人は違うだろう。地検といっても特捜部なんだし」

「だからといって、出禁にはできないでしょう」

氏家の言葉に天童が言った。

「できるさ。捜査情報を守るためだ。逆に、部外者を特捜本部に出入りさせたとなれば、警察として問題だ。処分の対象にさえなるぞ」

それを聞いて、樋口は言った。

「敵対して排除すると、向こうも何か手を打ってきますよ。そうなれば、いたちごっこです。余計なことに気を取られて消耗し、本来の捜査に支障を来すかもしれません」

天童が言った。

「二課長のやり方は納得できない。田端課長がむっとするのは当然だ」

「柴原二課長にもそれなりの事情があるのでしょう。とにかく、捜査本部に対立の構図を持ち込むのは、どう考えても得策じゃありません。最も望ましいのは、一課と二課が情報を持ち寄り、協力し合うことです」

さらに反論してくるものと思っていると、天童は、にっと笑った。そして彼は、樋口にではなく氏家に言った。

「な、ヒグっちゃんは、こういうやつだ」

樋口は、急に気恥ずかしくなった。あまりに優等生的な発言だったと思ったのだ。

氏家が言った。

「俺だってここで孤立するのは真っ平だよ。せっかく田端課長が仲間だって言ってくれているのに……」

樋口は氏家に言った。

「だったら、二課がどうして絡んでくるのか、理由をみんなに説明してくれ」

「それができないと言っているだろう」

「なら、説明できるようにすることだな。それが連絡係のおまえの役目だろう」

氏家は渋い顔で考え込んだ。

天童が言った。

「でなければ、俺は地検特捜部の二人が二度とここに来られないようにする」

氏家は肩をすくめた。

「何とかしてみよう。ただし……」

樋口は尋ねた。

「ただし、何だ？」

「おまえにも手伝ってもらう」

何をどう手伝えというのだろう。

なんだか、藪蛇《やぶへび》になったような気分だった。

7

午前十時を回った頃、制服を着た係員が近づいてきて、樋口に言った。

「あの……。被害者のご両親がお見えですが……」

「どこにいる？」

「今、玄関の受付です」

被害者の遺族だからといって、そう頻繁に特捜本部に出入りさせるわけにはいかないと、樋口は思った。

遺族だからこそ、聞かれたくない話もある。情報が遺族からマスコミに流れることもある。

「私が会いに行こう」

樋口は天童に承諾を得た。「いいですね？」

天童が言った。

「ああ。済まんが、行ってくれ」

横須賀に行って二人に会ったときから、自分が彼らの担当だと、樋口は認識していた。辛い目にあった老夫婦に不安な思いをさせないためにも、同じ者が応対すべきだ。

エレベーターで一階まで下りた。受付の前に、昨日と同じ服装の二人がいた。顔色はすぐれない。

樋口が近づいていくと、二人は頭を下げた。

「どうされました？」

樋口が尋ねると、相沢義和が言った。

「自宅に帰ろうかと思ったんですが、どうしても捜査のことが気になって……」

「申し訳ありませんが、まだそれほど進展はありません」

「それに、大切なことをまだ聞いていなかったと思いまして……」

「大切なこと？」

「その……。和史はいつ帰してもらえるのか、とか……」

司法解剖は終わっているので、いつでも引き取ってもらえるはずだ。……というより、できるだけ早く霊安室から移動してほしい。

「そちらのご都合でだいじょうぶです。ご遺体はどちらにお送りしましょう」

「妻と話し合ったのですが、こちらでは頼りにできる人もいないので、横須賀の自宅に帰そうと……」

「わかりました。手配します」

「では、私たちは自宅で待つことにします」

「近くに親戚の方とかいらっしゃいますか？」

「ええ。すでにニュースを見たという親類から連絡がありました。自宅に来てくれる者もおります」

樋口はうなずいた。こういうときに夫婦だけというのは辛いものだ。親戚は精神的にも助けになるはずだ。

二人は昨夜よりはずっと落ち着いて見える。だが、まだ動揺は続いているはずだ。ショックが癒えると、今度は喪失感がやってくる。実はそちらのほうが辛いのだ。

「あの……」

千鶴子が言った。「ホテルを出ようとしたら、もう支払いが済んでいると言われまして……」

「はい。そのはずですが、何か……？」

「どなたにお支払いすればいいんでしょう？」

こんなときも、ホテル代のことを気にするのかと、樋口は少々驚いた。だが、人はそういうものなのかもしれない。

もし、自分が同じような状況に置かれたら、同様に言うかもしれないと思いながら、樋口はこたえた。

「警察で持ちますので、ご心配なく」

義和は、「何を言うんだ」という顔で千鶴子を見ていた。だが、彼はその思いを口に出すことはなかった。

おそらく彼も、今は何をどうしていいのかわからない状態にあるはずだ。

樋口は言った。

「ご遺体のことと、ご自宅のほうに連絡させていただきます」

義和はうなずいて言った。

「よろしくお願いします。それと……」

「何でしょう？」

「何かわかったら知らせていただけますか？」

それは約束できないと思った。捜査上、話せないこともあるし、他に洩れては困るようなこともある。

だが、今ここでそれを説明するのは酷だと、樋口は思った。

「わかりました。お知らせします」

二人は何か言いたそうにしていた。だが、結局何も言わずに、頭を下げた。樋口も礼をした。

二人は出入り口に向かった。その後ろ姿は、ひどくはかなげに見えた。


特捜本部の管理官席に戻ると、天童が樋口に尋ねた。

「ご両親は何だって？」

「帰る前に、捜査のことが気になって寄ってみたとおっしゃっていました。それと、遺体はいつ受け取れるのか、と……」

「ああ、解剖が終わって霊安室に戻っているんだったな」

「ええ。未明にご両親が対面されています」

「すぐに送れるように手配しよう」

「はい。横須賀の実家に送るようにとのことです」

「わかった」

樋口は、その手配も自分がやらなければならないと思っていた。だが、天童が他の係員にそれを指示した。樋口は正直、ほっとしていた。

「遺族の面倒まで見てるのか」

氏家が言った。「おまえらしいな」

樋口はそれにこたえた。

「一課長のご指名だよ。断れない」

氏家は肩をすくめた。

樋口は彼に尋ねた。

「それより、二課長に説明を求めるのに、俺に手伝えと言っていたな。何をどうすればいいんだ?」

「まあ、焦るなよ。今のところ、俺はここから動けない。そして、ここに二課長はいない。だから、何もできないんだ」

「二課長に会ったらどうするつもりだ」

「事実を話すしかないだろう」

「事実って何だ?」

「特捜本部の連中が、二課や地検特捜部が顔を出したことについて疑問に思っているという事実。それについて説明が必要だという事実」

「俺は何をすればいいんだ？」

「疑問に思っているということを伝えてくれればいい。俺が嘘をついているのではないことを証明してくれ」

「それを二課長が聞き入れると思うか？」

「さあな。やってみなければわからない」

二人の会話を聞いていた綿貫係長が言った。

「だめだったら、地検特捜部のやつらを追い出すだけです」

「そう」

天童が言った。「こっちは殺人の捜査をしているんだ。邪魔はさせない」

樋口は言った。

「地検特捜部と敵対しても何の得もありませんよ。それよりもうまく利用することを考えたほうがいいです」

天童が笑いを浮かべてうなずいた。

「実にヒグっちゃんらしい発言だな」

「もちろん、互いに協力し合うためには、二課長の説明が必要だと思いますが……」

「いずれにしろ」

氏家が言った。「チャンスを待たなけりゃな」

そのチャンスは意外に早くやってきた。

午後八時に捜査会議があるが、その会議に部長や北沢署の署長とともに、柴原二課長がやってきたのだ。

彼らが幹部席に着くと、すぐに東京地検特捜部の二人も講堂に入ってきた。彼らは、今朝と同じ席に座った。

柴原二課長は、刑事部長と何やらひそひそと話をしている。

天童が会議の開始を宣言して、捜査員から報告を受けた件を次々と読み上げていった。まずは『四つ葉ファイナンス』について。

天童は担当の捜査員を指名した。名前を呼ばれた捜査員が立ち上がって報告を始めた。

「まず、『四つ葉ファイナンス』ですが、実在の会社でした。所在地は港区西新橋一丁目……」

樋口は、クリップボード付きのルーズリーフのメモを見て確認していた。その捜査員からの報告はすでに管理官席で共有されていた。

捜査員の説明が続く。

「従業員は三名。給料の遅延などはなかったようですが、経営状態は常にぎりぎりだったようです」

刑事部長が尋ねた。

「経営状態はぎりぎり？　相沢和史は借金をしていたんじゃないのか？」

「相沢個人が借金をして、会社がそれを相沢個人から借りるという形にしていたようです」

「会社の借金は借金だろう」

「借金というより、融資ですね。そういう操作をしていたようです」

刑事部長は、隣にいる柴原二課長に何事が囁いた。二課長がやはり小声でそれにこたえた。

刑事部長が言った。

「いくら操作したからといって、融資とは見なされないはずだ。借金は借金だ」

「相沢和史は、そういうことが巧みだったようです。実際、景気のいいときには、株などの運用でずいぶんと稼いだようです。しかし、株で儲かる時期はそう長くは続きませんでした。それでも経営の危機に際して、特定の株価が急上昇したり、外貨建ての運用がたまたまうまくいったりといったことが起きたそうです。従業員によると、相沢和史はそれについて『神風が吹く』と言っていたそうです」

「神風か……。何度もそういうことがあると、そう考えるようになるのだろうな」

神風が吹くからだいじょうぶ。おそらく、相沢和史はそう信じていたのだろう。実際に、何度か経済的な危機を切り抜けてきたのだ。

そして、さらに冒険を続けることになる。しかし、運はそうそう続くものではない。景気の実態も影響するだろう。

株価が一時的に下がったとしても、景気自体に底力がある時代ならば、必ず持ち直す。しかし、景気が本当に悪くなると、そうはいかなくなる。

投機をやる者は、いずれ原油や金、あるいは農作物の相場に手を出すのだという。そしてそれは、たいてい失敗する。

相沢和史も、相場に手を出したのではないだろうか。樋口がそんなことを思っていると、捜査員が報告を再開した。

「最近は、まるで詐欺まがいの手を使って、一般人からの投資を募っていたようです。従業員たちはそれを傍目《はため》で見ていて、かなり危険だと感じていたそうです」

「詐欺まがいとなれば、二課の出番だな」

刑事部長が柴原二課長を見た。柴原は、かすかに笑みを浮かべた。

「任せてください」

樋口は田端課長を見た。彼はむっつりとした表情で、報告する捜査員を見ている。

刑事部長は柴原二課長がお気に入りと見える。やはり、キャリア同士は気が合うのだろうか。

田端課長が捜査員に質問した。

「具体的なトラブルの話は？」

「出資者から抗議の電話が何本かあったそうです」

「何本かじゃ報告にならんだろう」

田端課長が言った。「抗議の電話は何本あったんだ」

報告している捜査員は、とたんにしどろもどろになった。

「あ、ええと……。確認できているだけで三本あります」

「確認できているというのはどういう意味だ？」

「つまり、電話の相手が確認できている、ということです」

「じゃあ、電話の相手に話を聞かなければならないな」

「はい」

それきり田端課長は口を結んだ。

機嫌が悪いなと、樋口は思った。いちいち小さなことで文句を言うような人ではない。

田端課長の質問に対するこたえを最後に報告が終わった。

次の報告は凶器に関してだった。傷の形状や幅、深さなどから、凶器は包丁ではないかと見られている。まだ、凶器は発見されていない。

「包丁か……」

刑事部長が言った。「遺体の中から破片は見つからなかったのか？」

それなりに現場のことを勉強しているじゃないか。樋口は密かにそんなことを思っていた。

刑事部のトップに対して失礼なのは百も承知だ。

だが、キャリアは現場のことをちゃんと学ぶ前に異動になってしまう。それが悪いというのではない。役割が違うのだ。キャリアは俯瞰《ふかん》的な判断を下すのが仕事なのだ。現場の細々したことに詳しい必要はない。

刃物を使った犯罪の場合、凶器の破片が傷の中に残っていることは少なくない。骨に当たったりすると、鋼鉄の刃でも欠けることがあるのだ。

そして、どんな小さな破片であれ、そこから製作者までたどることができる。それが鑑識の仕事だ。

捜査員が質問にこたえた。

「解剖の所見では、そういう事実は記録されていません」

刑事部長はうなずいただけだった。

その他、細々とした報告があったが、どれも有力な情報とは言い難い。会議は二十分ほどで終わった。

氏家が小声で樋口に言った。

「おい、付き合ってくれ」

彼は席を立って、幹部席に向かった。樋口はそのあとを追った。

氏家が幹部席の前で気をつけをすると、刑事部長が言った。

「何だ、君は?」

「捜査第二課選挙係の氏家です」

「ああ、君が係長か。何か用か?」

「柴原捜査二課長に、お願いがあって参りました」

樋口も必然的に気をつけをすることになった。

柴原課長が言った。

「私に……? 何でしょう?」

氏家は気をつけをしたまま言った。

「殺人の特捜本部に我々捜査第二課が参加することに疑問を抱いている捜査員がおるようです。理由を説明するべきだと思います」

「疑問を抱いている捜査員……?」

氏家だけに押しつけて知らんぷりはしていられない。樋口は言った。

「なぜだろうと、訝しく思っております。二課だけでなく、あそこにおられるのは東京地検特捜部の方々だと聞いております。なぜ彼らは殺人の特捜本部にいるのでしょう?」

「捜査員だけじゃない」

そう言ったのは、田端課長だった。「幹部の中にも妙だと思っている者はいる。この私がそうだ」

意外な援軍だった。

そのとき、刑事部長が言った。

「私が納得したことだ」

田端課長は何も言えなくなった。この場で刑事部長に逆らえる者はいない。これで幕引きか。

樋口がそう思ったとき、柴原二課長が言った。

「お話ししたほうがいいかもしれません」

それに対して、刑事部長が言った。

「万が一外に洩れたらたいへんなことになる。事情を知っている者は最低限に抑えておくべきだ」

「おっしゃるとおりだと思います。しかし、このままでは、我々は特捜本部の中で孤立してしまいます」

キャリアというのはたいしたものだと、樋口はあらためて思った。課長なのに刑事部長に対して異議を唱えることができるのだ。

刑事部長はしばらく考えてから言った。

「わかった。説明してくれ。ただし、事情を知っている者は最低限に、という方針は変わらない。従って、説明は管理官席の者たちまでだ」

刑事部長は、田端課長を見て言った。「それでいいな?」

「けっこうです」

田端課長はそう言ってから、樋口たちのほうを見た。「話が洩れない場所がいいだろう。どこか適当な場所を見つけてくれ」

樋口はこたえた。

「被害者の両親に話を聞いた部屋がいいでしょう。刑事課の会議室です」

「わかった。すぐに移動しよう」

相沢和史の両親から話を聞いたときには、ずいぶん暗くて寒々しい部屋だと感じた。今は、まったく印象が変わっていた。やはり、何事も気の持ちようなのだと、樋口は思った。

会議室には、田端課長と柴原課長、天童管理官、綿貫係長、そして氏家と樋口の、合計六人がいた。

東京地検特捜部の二人の姿はなかった。

上座の正面席には、田端課長と柴原課長の二人が座った。

その近くに天童。その隣が綿貫係長だ。

天童の真向かいが樋口でその隣に氏家がいた。

田端課長が言った。

「さて、さっそく話してもらおうか。二課だ地検特捜部だってのは、いったい何事なんだ？」

柴原課長は、あくまでも穏やかな物腰で話しはじめた。

「まず最初に確認しておきたいのですが、刑事部長が言われたとおり、この話はあまり広めたくないんです。限られた者だけに知らせるということでいいですね」

綿貫係長が言った。

「まあ、自分らはコマですから……」

柴原課長は綿貫係長に言った。

「話を聞いたからには、ただのコマではいられなくなります」

綿貫係長は押し黙った。

「限られた者だけに知らせる。その前提はわかった」

田端課長が言った。「さあ、本題に入ろうじゃないか」

柴原課長がうなずいてから言った。

「もともとは地検特捜部から持ち込まれた話です。私たちは彼らに協力するために内偵を進めていました」

「何の内偵だ？」

「衆議院議員の秋葉康一です」

8

樋口は、あまりに意外な人物の名前を聞いたので、かなり混乱していた。

天童が尋ねた。

「内偵というからには、選挙違反か何かですか？」

柴原課長がこたえた。

「それと、政治資金規正法」

樋口は尋ねた。

「選挙事務所などにガサを入れたそうですね」

「選挙後の捜索は通常の措置です」

「でも、与党の議員の事務所にはガサなど入れないと聞きましたが……」

氏家から聞いた話だが、彼の立場上名前を出すわけにはいかない。

柴原課長が平然とこたえた。

「昔から、そういうものだと聞いています。政治というのは、きれい事だけでは済まないのです」

樋口は言った。

「警察が政治に関わるべきではないと思います」

柴原課長が不思議そうな顔で樋口を見た。

「警察が政治と無縁でいられるはずがありません。警察を動かすのは行政なのです。つまり、地方公共団体でありひいては国なのです。警察とは本来、権力を守るための暴力装置なのですから」

言っていることはわかるが、身も蓋もない言い方だと、樋口は思った。暴力装置というのは、言葉の印象がひどく悪いが、れっきとした社会学用語だ。

権力が組織する軍隊や警察などの実力組織のことを指す。

「それはわかりますが、選挙等で特定の政党に肩入れするのはどうかと思います」

柴原課長が樋口をしげしげと見つめて言った。

「警察幹部は当然のことながら、与党とのパイプが太くなります。自然な成り行きだと思います」

樋口にとっては警察幹部など雲の上の存在だが、柴原課長にとってはごく身近なのだろう。キャリアはあっと言う間に出世していく。柴原も二、三年ごとに役職の階段を上り、すぐに警察官僚となるのだ。

警察の役割を権力の擁護だと思っている警察官僚は多い。だが、樋口は権力者とは無縁でいたいと考えている。

大げさに言えば、権力者のためではなく、正義のために働きたいと思っているのだ。この年になって、我ながら青臭いとは思うが、それが警察官になって以来の、樋口の指針だ。

田端課長が言った。

「地検特捜部が言いだしたことだと言ったな？　彼らは秋葉康一の尻尾をつかんでいるということか？」

「尻尾をつかんでいたら、殺人の特捜本部などにはやってこないと思いますよ」

柴原課長の口調に皮肉なニュアンスがあると、樋口は感じた。

田端課長の質問が続く。

「どういうことだ？」

「彼らは重箱の隅をつつくのが大好きでしてね……。何もない重箱の隅をつついてつついて、何かあるように見せかけようとするのです」

彼の口調はますます皮肉なものになっていく。もしかしたら、柴原自身、東京地検特捜部に対して反感を抱いているのかもしれないと、樋口は思いはじめていた。

天童が尋ねた。

「被害者の相沢和史と秋葉康一は、どういう関係なのでしょう」

「同じ大学に通っていました。彼らは同期ですね」

天童が怪訝そうな顔をした。

「同じ大学の卒業生なんて、ごまんといるでしょう。それだけで、二人の関係を疑うのですか？」

柴原課長はかぶりを振った。

「それだけではありません。たしかに、学生時代、秋葉康一と相沢和史がかなり親しかったという証言を得ています」

天童が驚きの表情を見せた。樋口も驚いていた。

天童が言った。

「いつ誰からそんな証言を得たんです？　以前から二人の関係を洗っていたということですか？」

柴原課長は、再びかぶりを振った。

「地検特捜部からの情報なので、確実なことは言えませんが、おそらくたまたまなのでしょう」

「たまたま……？」

「地検特捜部は、秋葉康一の交友関係を洗っていた……。そこに相沢和史の殺人事件が起きたわけです。それで、彼らは『絵を描いた』わけです」

地検特捜部が「絵を描く」、つまり事件のシナリオを書くのはよく知られている。そして彼らはそのシナリオに沿って捜査を進めるのだ。

その筋書きが正しければ何の問題もない。だが、しばしば彼らは間違いを犯す。過去には何の落ち度もない政治家を逮捕・起訴しようとしたり、キャリア官僚に濡れ衣を着せて刑務所に送ったこともある。しかも、証拠を改竄《かいざん》して……。

いずれも政治的な意図があったのだと、樋口は思っている。司法は行政から独立しているべきだ。司法・行政・立法はそれぞれ独立していることが民主主義の原則だ。

日本は、制度上ではそうなっている。しかし、実態はどうなのだろう。折に触れて、樋口はそれについての問題を感じ、時には怒りを覚えることもある。

自分自身が司法に関わっていることもあり、司法のシステムは健全であってほしいと、いつも願っている。

だが、東京地検特捜部が絡むと、どこか政治的なにおいがしてしまうのだ。

今回もそうだ。秋葉康一が本当に選挙違反や政治資金規正法違反を犯しているのかはわからない。だが、与党のベテランを破って当選した野党の議員だということを考えると、樋口は、そこに何らかの意図を感じてしまうのだ。

そしてそれは、おそらく自分だけではないはずだと、樋口は思う。

田端課長が言った。

「地検特捜部はどんな絵を描いたんだ？」

「それは私の口からは言えません。いずれ、地検特捜部から話があると思います」

「それでは納得できないな」

天童が不機嫌そうに言った。「捜査員席にどっかと座って、捜査情報をすべて聞いているのに、自分らが何をつかんでいるのかこちらに教えようとしない……。地検特捜部がそういう態度を取る限り、こちらにも考えがあります」

「ほう……。その考えというのは？」

「彼らを出入り禁止にします。本来彼らは、殺人の捜査とは関係ない。つまり、部外者です。部外者に捜査情報を洩らすわけにはいきません」

「なるほど……」

柴原課長がかすかに笑みを浮かべた。「それは名案かもしれませんね。ただし、彼らはただでは転びませんよ。追い出したりしたら、彼らは本気で意趣返しをしてくるでしょうね」

「どんな意趣返しを……？」

「それはわかりません。しかし、彼らはきわめてずる賢いですからね。どんな手を打ってくるかわかりません」

田端課長が言った。

「東京地検特捜部がどんな意図を持っていようと、我々は粛々と殺人の捜査を続けるだけだ」

「当然ですね」

「そして、情報が欲しいのなら、そちらも知っていることを教えることだ。協力ってのはそういうことだろう」

柴原課長が笑みを浮かべたまま言った。

「おっしゃるとおりです」

「じゃあ、さっそく教えてもらおう。東京地検特捜部は、相沢和史と秋葉康一の間に何があったと考えているんだ？」

「それは、彼らに直接訊いてほしいですね」

「あんたの口からは言えないということか？」

「余計なことをしゃべって、後で問題にされるのはご免ですよ」

実に官僚らしい発言だと樋口は思った。

だが、柴原課長は故意にこういう言い方をしているのではないかという気がしてきた。このキャリアの課長は底が知れないところがある。

単に保身だけを考えている官僚とは思えない。何か考えがあるのではないか。そう期待させる雰囲気を持っている。

田端課長が言った。

「じゃあ、連中を呼んで話を聞こうじゃないか」

柴原課長が言った。

「私は呼びに行きたくないですね。連中に怨まれるのは真っ平です」

正直な物言いだと、樋口は感じた。

綿貫係長が言った。

「自分が行ってきましょう。パシリなら自分の役目でしょう」

田端課長がうなずいた。

「済まんが行ってくれ」

綿貫係長が部屋を出ていくと、天童が言った。

「氏家は妙におとなしいな。いつもなら、軽口の一つも叩きそうなものだが」

氏家がこたえた。

「二課に異動したばかりですよ。しゃべることなんてありません」

「選挙係の係長だったな」

「ええ」

「ヒグっちゃんが、秋葉康一の選挙事務所にガサを入れたと言っていたが、本当なのか？」

氏家は、柴原課長を一瞥《いちべつ》してからこたえた。

「ええ、選挙事務所と個人事務所の両方にガサかけました」

「結果は？」

「それは課長に訊いてください」

天童は柴原課長を見て言った。

「どうなんです？」

柴原課長がこたえた。

「選挙違反に関しては、今のところシロですね」

「今のところ？」

「こういう事案は、継続的に捜査する必要があるんです」

「狙ったら逃がさないということですか？」

「少しでも疑いがあれば見逃しませんよ」

余計な発言をすべきではない。それはわかっていたが、どうしても訊いておきたくて、樋口は言った。

「質問してよろしいですか？」

柴原課長が樋口を見た。

「何でしょう？」

「秋葉康一の選挙事務所を捜索した理由は何ですか？」

「もちろん選挙違反の疑いがあったからですよ」

「でも、捜索の結果、シロだったのですね？」

「今のところは、と言ったはずです」

「選挙違反を疑う合理的な理由があったのでしょうか」

「選挙があるたびに、こうした措置を取るのですよ」

「捜査対象を無作為に選んだということですか？」

「無作為とは言っていません」

「秋葉康一の事務所を捜索したことについては、いろいろな憶測を呼ぶことになると思います」

「どんな憶測ですか？」

「与党の大物を破って当選した、野党の若手議員です。マスコミも注目しています。与党としては、歯がみする思いでしょう。どんなことをしても秋葉康一を潰したいと考えているに違いありません」

「その与党の思惑が我々の捜査に影響していると言いたいのですか？　それは我々に対する侮辱ではないですか？」

樋口が反論する前に、田端課長が言った。

「ヒグっちゃんは、そんなつもりで言ったんじゃないよ。世間でそういうことを言うやつもいるだろうってことだ。特にネットとかには気をつけないとな」

柴原課長が言った。

「繰り返しますが、疑いがあったから捜索した、ただそれだけのことです」

そこで話を終わりにしてもよかった。だが、どうにもおさまらず、樋口はさらに言った。

「秋葉康一の事務所を捜索する前に、東京地検特捜部の訪問を受けられていますね？」

柴原課長の表情は変わらない。

「ええ。それが何か？」

「彼らに言われて秋葉康一の選挙事務所などを捜索したのですね？」

柴原課長は即答しなかった。何事か考えている。おそらく、本当のことを言おうか秘匿しようか迷っているのだろうと、樋口は思った。

柴原課長がこたえる前に、綿貫係長が戻ってきて告げた。

「地検特捜部のお二人をお連れしました」

綿貫に続いて、地味な背広に地味なネクタイの二人組が入室してきた。

二人とも極めて不機嫌そうな顔をしている。

一人は背が低く、ずんぐりとした体格をしている。もう一人は痩せ型で背が高い。まったく違う体格なのに、不思議なことに似通った印象があった。

ずんぐりしたほうが言った。

「話があるということだが、何だね？」

田端課長が官姓名を告げたのちに言った。

「そちらも名乗っていただけるとありがたい」

「なぜ名乗る必要がある」

「我々の捜査本部に出入りされているからには、身分を明らかにしていただかなければ困ります」

「東京地検特捜部だ。身分ははっきりしている」

「確認する必要があるので、官姓名を教えていただきたい」

「確認だと？　地方警察ごときが法務省の職員の何を確認しようというんだ」

刑事をやっているからには、日常的に検察官と関わっている。送検した後も、検事の代理で警察官が取り調べや捜査をすることがある。

そんな折にいつも感じる。検事はなぜ、あたかも自分たちの立場が上であるかのように振舞うのだろう、と。

本来、警察官と検察官にはそれぞれに役割があり、立場は同等のはずだ。にもかかわらず検察官は、たいてい命令口調なのだ。

その検察官の中でも、特捜部は、政治家や官僚の幹部、財界の大物などを相手にするので、自然と自分たちも大物であると思ってしまうのだろう。

田端課長は平然と言った。

「私らにも譲れない一線というものがありましてね。得体の知れない人たちを特捜本部に出入りさせるわけにはいかないんですよ。うちの管理官などは、お二人を出禁にすべきだとまで言ってるんです」

「出禁だと……」

背の低い小太りの男はますます機嫌が悪そうな顔になった。「ふざけたことを言うな」

「別にふざけてはいません」

田端課長が言う。「我々にとって大切なことです」

小太りの男が何か言おうとしたが、長身の痩せた男がそれを制して言った。

「名乗るので、確認していただいてけっこう。私は検事の灰谷卓也《はいたにたくや》。こっちは同じく検事の荒《あら》木《き》道男《みちお》だ」

田端課長がうなずいた。

「灰谷検事に荒木検事ですね。了解しました」

続いて長身の灰谷が言った。

「それで、我々に訊きたいことというのは何だ?」

「まず、どうして我々の特捜本部にいらしたのか。その理由をうかがいたい。そして、被害者の相沢和史と秋葉康一の間で何があったのか、ご存じのことをお教えいただきたい」

荒木が言った。

「それは捜査上の秘密だ」

「おや、そうですか」

田端課長が言った。「こちらも殺人捜査の内容は秘密なんです。これ以上は何もお教えできませんね。お二人には特捜本部に出入りすることをご遠慮いただきます」

「おまえら刑事に、そんなことを言う権限はない」

「いや、あるんですよ。捜査上の秘密は守らなければなりません」

荒木が怒りの表情で何か言おうとしたが、灰谷が再びそれを制した。

「情報交換の必要があると判断した」

灰谷が言う。「それで捜査二課の柴原課長を通じて、特捜本部と関わることを考えた」

「情報交換とおっしゃるからには、そちらからの情報提供を期待してよろしいのですね?」

田端課長が言うと、灰谷は渋い表情でうなずいた。

「当然、そういうことになるだろうな」

「では、二つ目の質問にこたえていただきます。相沢和史と秋葉康一の間に、何があったとお考えですか?」

「政治資金規正法違反だ」

「それはいつの話ですか?」

「彼らが大学を卒業し、秋葉康一が政治活動を始めた頃のことだ」

「政治資金規正法違反の公訴時効は三年です。もし違反があったとしても、とっくに時効でしょう」

「一度、そういうことがあると、ずるずると関係が続くものだ」

「秋葉康一と相沢和史の関係に着目し、それを追っていたら、この殺人事件が起きたというわけですね？」

「そうだ。我々としては、相沢が殺されたという事実を無視できない」

「なるほど……。それで、特捜本部で情報を得ようとなさったわけですね」

「殺人の動機が、政治資金規正法違反にあるかもしれないだろう」

灰谷の言葉に、田端課長は押し黙った。

しばらく誰も口をきかない。

樋口は本能的に、危険なものを感じていた。

9

「もう一度、訊きます」

田端課長が言った。「あなたがたは、相沢和史の名前を、いつ知ったのですか？」

小太りの荒木検事が言った。

「その質問にはこたえる必要はないだろう」

田端課長は引かなかった。

「あなたたちに必要なくても、こっちは知りたいのです」

「知ってどうするんだ？」

「どうするかは、今後考えます」

細身の灰谷検事が言う。

「それを知りたがるということは、我々の捜査に疑問を持っているということだな？」

「もちろんです」

田端課長は平然とこたえた。「突然、特捜本部にやってきて、じっとこちらの情報に耳を傾けている。そして、そちらからの情報はくれない。それでは不信感を持つのは当たり前でしょう」

「別に不信感を持つのは構わない」

荒木が言った。「捜査の邪魔をしなければいいんだ」

「その言葉をそっくりお返ししますよ。捜査の邪魔はしてほしくありません」

「警察がやっている捜査とはレベルが違うんだよ」

荒木は鼻息が荒いが、灰谷は一貫して物静かな語り口だ。

「私たちが、知っていることを教えないのは、教えるほどのことがまだないからだ」

「そうは思えませんね」

田端課長がさらに言う。「公選法違反だの政治資金規正法だのと言っておられる。何か根拠がおありでしょう。それをうかがいたいのです。それが殺人の動機かもしれないとなれば、なおさらです。ぜひともうかがわなければなりません」

荒木と灰谷は顔を見合わせた。荒木は小さくかぶりを振り、灰谷は肩をすくめた。

やがて灰谷が言った。

「相沢和史の名前をいつ知ったのかという質問だな？　それにこたえよう。秋葉康一の身辺を洗っているときに、その名前が出てきた」

樋口は尋ねた。

「それは、選挙の前ですか。それとも、後ですか」

当選前から秋葉康一の内偵を進めていたのだとしたら、明らかに何らかの意図があるということだ。

灰谷がこたえた。

「前だ」

樋口はさらに尋ねる。

「その理由は？」

灰谷はその質問にはこたえようとしなかった。代わりに荒木が言った。

「別に俺たちは、不正なことをやっているわけじゃない。もともと、秋葉康一をマークしていたのは、あんたら警視庁の公安だよ」

田端課長が訊き返した。

「公安だって？　なぜ公安が……」

「秋葉康一ってのは、市民運動家上がりだからな。左翼運動家ともつながっているかもしれない。だから、公安一課がマークしていたんだ。市民運動家が首相になるなんてことが二度とあっちゃならないんでな……」

樋口はこの発言には驚かなかった。警察内部にもこういうことを平気で言う者がいる。とにかく左翼が大嫌いという連中だ。

荒木や灰谷は好き嫌いで捜査しているわけではないだろう。やはり、時の政権が影響しているのではないか。樋口はそんなことを思っていた。

樋口は、市民運動家に対してまったく嫌悪感がない。むしろ親近感を抱いている。だから、天童に「リベラルだ」などと言われるのだろうか。

田端課長が言った。

「公安から情報を得て内偵を進めていた。その秋葉康一が与党の候補を破って当選したので、慌てて選挙違反の疑いで事務所を捜索したり、殺人事件の関連を探ったりしている。こういうわけですか」

灰谷がかすかに顔をしかめた。

「人聞きが悪いな。私たちは、悪いことをしていない人を罪に問うようなことはしない」

「ほう……」

天童が言った。「いつぞやは厚労省の女性キャリアに罪を着せて、五ヵ月も身柄拘束しましたよね」

「それは大阪地検特捜部の話だ。我々とは違う」

「それは言い逃れでしょう」

荒木があからさまにむっとした顔になった。

それを見た田端課長が言った。

「客観的に見て、恣意的に秋葉康一の捜査をしているとしか思えませんね」

灰谷が平然とした顔で言った。

「どういう意味で恣意的と言っているのかわからない。捜査をして証拠が出れば、起訴する。話はいたってシンプルだ」

シンプルなのだろうか。

樋口は疑問に思った。実に複雑な思惑が絡み合っているように見える。

それでも、この二人の特捜検事はシンプルだと感じているのだ。それが、樋口には恐ろしく、また腹立たしく感じられた。

柴原二課長も氏家も何も言わない。彼らは、地検特捜部と何か密約を交わしているのだろうか。あるいは、彼らと組むことで何らかのメリットがあるのかもしれない。

田端課長が灰谷に言った。

「秋葉康一と相沢和史は、大学時代からの知り合いだったということでしたね」

「そう。大学が同じで、仲がよかったらしい。そういう場合、セクトも考えられる」

氏家が言った。

「今時セクトですか。インカレのイベントサークルじゃないんですか」

皮肉な口調だ。どちらかというと饒舌《じょうぜつ》な氏家がこれまでじっと口をつぐんでいたのが、樋口には奇跡のように思えた。ついに、我慢しきれなくて発言したというわけだ。

灰谷が氏家に冷ややかな視線を向けて言った。

「もし、インカレのサークルだったとしても、それは娯楽や男女交際を目的としたようなサークルじゃない。もっと政治的な色合いの強いものだったはずだ」

氏家は小さく肩をすくめた。

「だからといって、それは犯罪でも何でもない。むしろ若者が政治に関心を持つのはいいことなんじゃないんですか？」

この言葉に樋口は、ふと照美のことを思い浮かべた。照美は、政治にはまったく無関心だった。これまで選挙にも行ったことがなかった。

今ではそれが一般的な若者の姿なのだろう。六〇年代後半や七〇年代初頭とは違うのだ。それが何やら淋しい気もする。

氏家や樋口は、秋葉康一とほぼ同世代だ。つまり、殺害された相沢和史とも同世代だ。氏家の言うとおり、樋口が学生の頃には、過激派のセクトよりもインカレサークルのほうがずっと身近だった。

だからといって、秋葉康一や相沢和史もそうだったとは限らない。彼らは、樋口や氏家よりもずっと早く政治に目覚めたのだ。

その点からすると、あながち灰谷が言っていることも的外れとは言えない。つまり、秋葉康一や相沢和史が、何か政治的な集団に属していたことは充分に考えられるのだ。

田端課長が言った。

「憶測でそういうことを言っていても始まりません。何か確実な話はないのですか?」

荒木が挑戦的な眼で言った。

「確実な話などないから、殺人の特捜本部なんかに顔を出すはめになったんじゃないか」

「特捜本部なんか?」

田端課長が言った。「顔を出したくないのなら、来なければいいじゃないですか。こちらが頼んだわけじゃありませんよ」

「だーかーらー」

荒木は、言い聞かせるように田端課長に言った。「情報交換の必要があると言ってるじゃないか」

田端課長の質問が続く。

「政治資金規正法違反の疑いがあるということですね。それについて、詳しく説明してくださ い」

荒木が言う。

「なんでおまえらにそんなことを説明しなきゃならないんだ？」

「先ほども言いましたが、情報交換とおっしゃるなら、一方通行はいけません。そちらからも情報をもらわないと……」

荒木が田端課長に何か言おうとした。噛みつこうとしているのかもしれない。それを制するように灰谷が言った。

「二人が大学を卒業してから三年後のことだ。相沢は学生の頃から起業をしており、卒業後は投資・投機でかなり羽振りのいい暮らしをしていた。一方、秋葉康一は市民運動に奔走するようになる。野党の候補の選挙を手伝ったりもした。そして、いつしか自らが政治家を志すようになったわけだ」

田端課長は、灰谷の説明を黙って聞いていた。樋口たちも口を挟まず耳を傾けていた。

「そんな秋葉康一に、相沢和史がかなりまとまった額のカンパをした」

「カンパ……？」

「相沢和史はうかつだったんだよ。政治資金だという認識が欠如していたのかもしれない」

それについて補足するように発言したのは、柴原二課長だった。

「相沢のカンパは、秋葉個人に対するものでした。金額は三百万円。個人から政治団体あるいは候補者個人に対する寄付については、政治資金規正法で、年間百五十万円以内と定められています」

「しかも……」

灰谷が言った。「金の出所が不透明だった」

田端課長が尋ねた。

「不透明？　どういうことです？」

「相沢は自分で会社を経営していたが、個人事業みたいなものだった。そういう場合、ありがちなんだが、相沢も個人の金か会社の金かかなり適当な部分があった。秋葉に対するカンパも、会社から出金した可能性があった」

再び、柴原二課長が補足した。

「企業から政治団体あるいは候補者個人への献金は全面的に禁止されている。つまり、もし、相沢の寄付が会社から出ていたら、アウトです」

「だが……」

田端課長が柴原課長に言った。「時効なんだろう？」

「だから言ってるだろう」

荒木が言った。「そういうことは繰り返されるんだよ」

灰谷もそれに付け加えるように言った。

「相沢と秋葉の関係を考えれば、充分にあり得ることだ。そう判断して、我々は、捜査二課に協力を仰いだ」

柴原課長が言う。

「こちらとしても、メリットのある話だ。選挙の際に、何か怪しい金の動きがあったかもしれない」

田端課長が驚いた顔で言う。

「たったそれだけの根拠でガサを入れたのか」

柴原課長がこたえる。

「選挙違反となれば、でかい事案ですからね」

「一か八かでガサを入れられるほうの身にもなってみろ」

柴原課長も地検特捜部の二人も、その田端課長の言葉にはまったく反応しなかった。彼らが、ガサを入れられるほうの身になって考えることなどあり得ないのだろう。

樋口はそう思った。

灰谷が時計を見て言った。

「そろそろ九時半だ。質問がなければ、我々は帰らせてもらう」

田端課長が言った。

「訊きたいことはいくらでもある」

「では、きりがないな。またあらためて機会を持つということでどうだ？」

田端課長は天童を見た。天童がうなずくと、田端課長は言った。

「いいだろう。俺たちもあまり特捜本部を空けるわけにはいかない」

灰谷と荒木はすぐに部屋を出ていった。

田端課長が柴原課長に言った。

「あんなやつらと裏取引をしたのか？」

「別に取引したわけじゃありません。彼らのサジェスチョンが妥当だと判断しただけのことです」

「秋葉の事務所にガサを入れた結果、何もなかったんだろう？」

「言ったでしょう。選挙違反とかは、継続的な捜査が必要だって」

「とにかく……」

天童が言った。「特捜本部としては、殺人事件を解決できるよう努力するしかないですね」

田端課長がうなずいた。

「テンさんの言うとおりだ。雑音に惑わされている場合じゃない」

柴原課長が面白そうに言う。

「我々は雑音ですか？」

「地検特捜部の連中が言っていることは雑音だと思う」

「しかし、政治資金規正法違反や公選法違反が殺人の動機かもしれないという連中の意見にも一理あると思いますよ」

田端課長は天童に言った。

「どう思う？」

天童は樋口を見た。

「ヒグっちゃんは、どう思う？」

突然話を振られて、樋口は少々慌てた。

「そうですね……。どんな可能性も検討してみる必要があると思います」

「つまり、政治資金規正法や公選法が動機かもしれないということだな」

「否定するにも確証が必要だと思います。思い込みで可能性を除外するわけにはいかないでしょう」

そのとき、氏家が言った。

「あいつら、絵を描きますよ」

田端課長が氏家を見て言った。

「そうだな。政治資金規正法や公選法違反を使って、どんな絵を描いてくるか……」

「大きな声じゃ言えませんが……」

天童が言った。「部長の思惑も気になります」

田端課長が思案顔で言った。

「問題はそれだよ。二課や地検特捜部の連中を特捜本部に参加させたのは、部長の判断だ。俺たちだけじゃ頼りないってことか？」

田端課長がちらりと柴原課長を見た。

柴原課長が言った。

「部長はただ、一日も早く……、いや、一刻も早く事件を解決したいだけだと思いますよ」

「ならば、捜査一課を信頼してもらいたいものだ」

「部長対策を引き受けましょうか？」

柴原課長のその言葉に、田端課長が驚いた様子で言った。

「部長対策……？　それはどういう意味だ？」

「言ったとおりの意味ですよ。部長が何か妙なことを言い出さないようにコントロールするのです」

田端課長が言った。

「あんたが俺たちと同じ陣営にいるかどうか、俺は確信が持てないんだがな……」

「特捜本部にいるのです。同じ陣営じゃないですか」

「二課は地検特捜部と同じ陣営だろう。だとしたら、俺たちとは同じじゃない」

「地検特捜部とは手を組んでいるわけじゃないんです。ただ、彼らの情報を利用しているだけです」

その言葉を受けて、天童が言った。

「特捜本部の情報も利用しようというんじゃないでしょうね」

本来、管理官が課長に言える言葉ではないだろうと、樋口は思った。天童はいつも強気だが、このときはさらに自分が田端課長の側であることを強調したかったのだ。

柴原課長が平然と言った。

「利用できるものは何でも利用させてもらいますよ。それが捜査に役立つものであれば……」

田端課長が言った。

「部長をコントロールできるというのならやってもらおう。俺たちノンキャリアには立ち入れない世界もある」

柴原課長は意外そうな顔をした。

「キャリアもノンキャリアもありませんよ。天下の捜査一課長がそんなことを気にしているとは思いませんでした」

「気にするさ。あと四、五年もすりゃあ、あんたは雲の上の人だろう」

警視正の柴原は、四、五年後には間違いなく警視長になっている。もしかしたら、警視監になっているかもしれない。

警視監となれば、道府県警の本部長クラスだ。田端課長が言うとおり、まさに雲の上の存在だ。

柴原課長が言った。

「先のことはわかりません。今はあなたと同じ課長です」

田端課長は、急に疲れたような表情になって言った。

「特捜本部に戻ろう。いつどんな知らせが入るかわからない」

何かあれば、すぐに伝令が飛んでくるはずだ。だが、田端課長の気持ちもわかると、樋口は思った。

張り付いてないと不安なのだ。

樋口たちは、特捜本部に戻った。

10

すでに十時になろうとしている。特捜本部に残っている捜査員は限られている。みんなこの時間でも外で捜査をしているのだ。

あるいは休憩を取っている者もいるだろう。

課長が残っている間は、仮眠を取るわけにはいかない。ましてやひな壇には、二人の課長がいるのだ。

天童が樋口に小声で言った。

「二課長に部長対策はつとまるだろうか」

樋口が返事をする前に、綿貫係長が言った。

「あの課長は部長と結託して、俺たちに圧力をかけてきそうですけどね」

天童と同じくらいの小声だった。

綿貫係長の言葉を聞いて、氏家が言った。

「まあ、それくらいの覚悟でいたほうがいいね」

「おい」

幹部席のひな壇から田端課長の声が聞こえて、樋口は驚いた。今の会話が聞こえるはずがない。だが、聞かれたのではないかという不安があった。

田端課長の声が続いた。

「凶器はまだ発見されないのか？」

天童がこたえた。

「まだです」

「付近で見つかっていないということは、犯人が持ち去ったということか」

田端課長にそう聞かれて、天童は一瞬困ったような顔になった。

「持ち帰ったことも考えられますが、どこか見つからないようなところに捨てたということも考えられます」

田端課長がうなずいてから、柴原課長に何か言った。

二人は小声で二言三言、言葉を交わした。そして、ほぼ二人同時に立ち上がった。

どうやら帰宅するようだ。課長が席を離れてくれれば、仮眠も取りやすい。

また、田端課長の声が聞こえてきた。

「テンさん。我々は引きあげる。あとのことはよろしく頼む」

「了解です」

やがて、二人の課長が特捜本部を出ていった。

それからしばらくして、天童が言った。

「今日も交代で仮眠を取ろう。この時間からなら、三人ともけっこう休める」

すると氏家が言った。

「三人じゃなくて、四人でしょう。俺が入ればローテーションが楽になるはずです」

天童がうなずいた。

「そうだな。では、まず昨日と同じく、ヒグっちゃんが最初に休んでくれ。その次は私が休み、そして朝の会議前に氏家と綿貫君が休む……。それでいいな」

また自分が最初に休憩することに、樋口は抵抗があった。ここは一番偉い天童が真っ先に休むべきだ。

だが、天童が考えたことに異論を唱えるのもはばかられる。結局、天童の言うとおりにすることにした。

樋口は、時計を見て言った。

「十一時になったら、ちょっと休ませてもらいます」

天童がこたえる。

「ああ。わかった」

言葉どおり、十一時になると、樋口は柔道場に行くことにした。昨日と同じ場所の蒲団が空いている。樋口はその蒲団を使用することにした。

ワイシャツのまま蒲団に入り、目を閉じた。なぜかまた、照美のことが頭に浮かんだ。

樋口が学生の頃も、若者は政治には無関心だった。だが、今はそのときよりも、いっそう若者の政治離れが進んでいるように感じる。

陰謀説の好きな連中の中には、これはGHQ以来のアメリカの巧妙な作戦だと言う者もいる。日本国民がなるべく政治から眼を背けて生きていくように、さまざまな計画が実行されたのだと言う。

そんな説をにわかに信じる気にはなれないが、もしそれが事実だとしたら、その作戦は大成功したと言えるのではないか。

おそらく、若者たちが政治に関心を持ったのは、六〇年安保と七〇年安保のタイミングだ。特に七〇年安保の前後は、政治的なムードが盛り上がっていた。

まさにムードだったのだと、樋口は思う。

難しい本を読み、議論し、集会に出ることが流行していたのだ。その世代が政治を変えたかというと、決してそんなことはなかった。むしろ、彼らの無軌道さが災いして、後年、世の中が保守の側に振れてしまったと見る向きもある。

その時代をピークとして、若者が政治から遠ざかっていった。

一九五五年以降、ほとんど自民党の一党独裁といった状態で、政権交代はごく稀な出来事だった。政権が交代しても、世の中がよくなったという実感は得られず、民主党政権下では、未《み》曽《ぞ》有《う》の東日本大震災が起きたこともあり、結局元の木阿弥で、自民党が再び長期政権を握ることになった。

誰に投票しても無駄。樋口さえもそう思うことがある。

希望を失った国民は、政治から眼をそらすしかない。眼をそらした先には、さまざまな娯楽がある。

アメリカは、ジャズやポップス、ハリウッド映画などを日本にどんどん注ぎ込み、日本人はそれをありがたく享受した。

テレビなどのマスコミは、バラエティーなどの手法をアメリカから学んだが、ジャーナリズムの精神と手法を学ぶことはなかった。

その結果、おそろしく低俗な国民がこの国にはびこることになった。

天童は、樋口のことをリベラルだと言った。自分でもその自覚はある。その樋口でさえ、この国は、昔の遺産で辛うじて存続しているに過ぎないと思うことがある。

いや、明治や大正よりも今のほうがずっといいに決まっている。何より人々は自由だ。そして、ほとんどの成人が選挙権を持っている。

にもかかわらず、将来に不安を覚えるのはなぜだろう。

照美は少なくとも大学を出ている。高等教育を受けたということだ。その彼女がこれまでまったく選挙に関心を示さなかった。

今この国は、そんな若者であふれている。そして、おそらく時の政権にとってはそのほうが都合がいいのだろう。

自分が悲観的になっていることを、樋口は意識した。悲観的なときにいいことなど何もない。

今回、照美も選挙に行って、選挙速報にかじりついていた。そうやって少しずつ変わっていくかもしれない。

人は急には変わらない。国もそうだ。少しずつ変えていくしかないのだ。

気分が少しだけ前向きになると、樋口は眠りに落ちた。


三時間ほど眠り、午前二時頃特捜本部に戻った。

「その後、どうですか？」

樋口が尋ねると、天童がこたえた。

「特に動きはないな」

綿貫が言った。

「じゃあ、次は天童さんが休んでください」

天童が言った。

「この時間に休めるのは、正直ありがたいな。じゃあ、そうさせてもらう」

天童が席を立ち、講堂を出ていった。

「秋葉康一は関係ないですよ」

突然、綿貫係長が言った。

樋口は尋ねた。

「何の話だ？」

すると氏家が言った。

「今まで、秋葉康一と相沢和史の関係について話をしていたんだ。地検特捜部の連中が言うように、秋葉康一が相沢殺害の動機に関係あるかどうか……」

なるほど、そういうことか。

樋口は綿貫係長に尋ねた。

「それで、秋葉康一は関係ないと……」

「そうでしょう。政治資金規正法だ公選法だといっても、疑わしい金の動きは二十年も前の話でしょう？　田端課長も言ってたけど、とっくに時効ですよ。今現在、そのような疑いがあるわけじゃないし、疑いがあったとしても物証や証言もないんです。関係があるとは言えないでしょう」

「だから、関係を見つけたいんだろう」

氏家が言った。「それで、殺人の特捜本部に乗り込んできたというわけだ」

「それって、ちょっとおかしくないですか？」

綿貫係長の言葉に、氏家が訊き返す。

「おかしいって、何が……」

「秋葉康一と相沢和史は、大学時代に仲がよかったというだけのことでしょう？　学生時代に親しかったやつなんていくらでもいるじゃないですか」

「地検特捜部ってのは、俺たち刑事とは捜査の仕方がちょっと違うんだよ」

「知ってますよ。絵を描くんでしょう？」

「そうだ。刑事は何か事件が起きてから動くのが普通だ。事件が起きたってことは、現場に証拠が残っていたり、目撃者がいたりする。俺たちはそれをかき集めて、それから何が起きたのかを分析する。つまり、演繹《えんえき》的な捜査だ。だが、地検特捜部は、最初にターゲットを決めるんだ。世の中には何か怪しいことをやっている連中がたくさんいる。その中で社会的に影響が大きそうなターゲットを見つけるわけだ」

「政治家とか大企業の経営者とか……」

「キャリア官僚とかな。そして、内偵をしてシナリオを作る。そのターゲットがどういう犯罪に手を染めているのかという筋書きを作るわけだ」

「自分ら刑事も筋は読みますよ」

「まあ、程度の問題だな。連中は刑事よりも筋にこだわるんだ。多くの場合、彼らは事件など起きていない状況で、誰かを摘発しようとするからだ。そして、自分たちが作ったシナリオに合わせて、証拠を集めていく。だから帰納的な捜査と言える」

「シナリオが間違っていたらどうするんです？」

「そのときは冤罪になるな」

「勝手にシナリオを書いて、それに沿って都合のいい証拠だけを並べて起訴……。そういうことがいくらでもできてしまいますね」

「だから、東京地検特捜部の捜査は恣意的だと田端課長が言ったんだ。だいたい、ターゲットを選択する段階で恣意的と言われても仕方がないだろう」

「こっちは犯罪を取り締まる側ですからね、地検特捜部のことをあれこれ言いたくはありませんが、それでも何か危険なものを感じますね」

「地検なんかは、司法機関と言いながら、かなり行政に近いからな。きな臭いこともあるだろう」

「さて、どうかな……」

「今回の件も、きな臭いと思いませんか？」

そう言って氏家は考え込んだ。

樋口は、綿貫係長に言った。

「氏家は何でも極端な言い方をするから、気をつけたほうがいい」

「極端な言い方ですか」

綿貫係長が言った。「でも、わかりやすいです」

「わかりやすい話には気をつけたほうがいいということだ」

「おい」

氏家が言った。「俺を詐欺師か何かみたいに言うなよ」

樋口は、氏家には取り合わず、綿貫係長に言った。

「我々刑事と、東京地検特捜部は役割が違う。彼らは、人の眼につかない悪事を暴く。例えば政治家の贈収賄などは、普通に生活している国民が知ることはない。そういう悪事を摘発するのだから、当然、我々とはやり方も違ってくる」

「なるほど……」

「なっ」

氏家が綿貫係長に言う。「こいつは、お利口さんだろう。何でも丸く収めようとするんだ」

樋口は氏家に言った。

「そんなことはない。俺だって腹を立てることはある」

「だがまあ、こいつの言っていることもあながち間違いじゃない。俺は思っていることをすぐに言っちまう。こいつみたいに、しゃべる前に考えるということをあまりしない」

それが氏家のいいところでもあるのだが、と樋口は思った。

自分は言いたいことをはっきりと言えない。だから前に出て発言するということがほとんどない。自分では引っ込み思案だと思っている。

だが、警察のような組織ではそれが思慮深いと思われることがある。それに樋口は戸惑ってしまうのだ。

綿貫係長が言った。

「田端課長も、殺人事件に秋葉康一が関与しているとは考えていない様子でしたね」

樋口は言った。

「現場を見た印象では、怨恨の線が強いと思う」

氏家が樋口に尋ねる。

「そうなのか？」

「遺体の傷を見てそう感じた。犯人は被害者をひどく憎んでいたんじゃないかと思う」

綿貫係長が氏家に言った。

「柴原二課長は何を考えているんですか？　特捜本部に参加して、二課にどんなメリットがあるんです？」

「知らないよ」

氏家が言った。「俺は、異動してきたばかりなんだ。あの課長、何考えているかよくわからんしな……」

「部長に気に入られているようでしたよね」

綿貫係長もそう感じていたか……。樋口はそう思いつつ、黙っていた。

氏家が言った。

「キャリア同士は、あっと言う間に出世して、俺たちの手の届かない世界に行っちまう。どこかの県警本部とか警察庁とか……。海外の大使館なんかに赴任することもあるな。だから、キャリアたちの間には、俺たちにはわからない独特の親近感があるんだろう」

樋口は言った。

「俺も同じことを考えたことがある。だが、だからといって、キャリアが俺たちノンキャリアをないがしろにしていると考えるのは間違いだ」

氏家が言う。

「そうかな」

「俺はそう思う。柴原課長は刑事部長対策を引き受けると言ってくれたじゃないか」

「それを額面どおり受け取る気か？」

「本気にして悪いということはないだろう」

「人がいいな。少しは人を疑っちゃどうだ？」

「疑うべきときは疑う。だが、柴原課長については、疑う必要はないと思う」

「地検特捜部の言いなりだぞ」

「言いなりだとは思わない」

「何だって？」

「柴原課長は、地検特捜部にかなり批判的だと俺は感じた。だから、言いなりになっているわけじゃない。何か思惑があるんじゃないかと思っている」

「どんな思惑が……？」

「それは、身近にいるおまえのほうが理解しやすいんじゃないのか？」

「だから俺にはわからないと言ってるんだ。強いて言えば、選挙違反かな……」

「選挙違反？」

「そう。選挙違反を摘発できれば、二課の実績になるだろう。おそらく彼は、少しでも多くの実績を挙げて、さっさと次のステージに移りたいんだ」

「もし、選挙違反で秋葉を挙げられたとしたら、地検特捜部の思惑と一致することになったんですがね……」

綿貫係長が言った。その言葉に氏家がうなずいた。

「そうだな。そもそも、秋葉康一の選挙事務所なんかを家宅捜索したのは、地検特捜部に言われたからじゃないかと思う」

樋口は言った。

「おい、そんなことを言っていいのか。確認を取ったわけじゃないんだろう」

「別にいいさ。タイミングを考えれば、そうとしか考えられない」

綿貫係長が尋ねた。

「タイミング？　何のタイミングです？」

「地検特捜部の連中が選挙前に柴原課長を訪ねてきたんだ」

「なるほど……」

樋口は言った。

「憶測ばかりじゃしょうがない。こういう話はここまでにしたほうがいい」

氏家は無言で肩をすくめた。

午前五時頃に、天童が戻ってきて言った。

「さて、捜査会議まで、氏家と綿貫係長の二人が休んでくれ」

二人はすぐに休憩に行った。

たった三時間ほどの睡眠で、天童はすっかり疲労を回復したように見えた。長年の警察勤めで、こういう生活に慣れているのだ。

さすがだと思う。樋口はいつまで経っても睡眠不足には慣れない。

午前六時過ぎに、天童あてに電話があった。

天童は電話に出て、怪訝そうな顔をしている。何事だろうと樋口は思っていた。

電話を切った天童が言った。

「地検特捜部の灰谷からだ」

「こんな時間にですか？　何事です？」

「事件の前日、秋葉康一の関係者が、現場近くにいたことが確認されたと言っている」

「秋葉康一の関係者……」

「やつらは、その人物の身柄を拘束するつもりだそうだ」

「その人物は何者なんです？」

「詳しくは教えてくれなかった」

「ちょっと待ってください。地検特捜部は殺人の捜査がらみで、その人物を拘束すると言っているのですか？　彼らにそんな権限はないはずです」

天童は苦い表情で言った。

「検察はやろうと思えば何でもできるさ。とにかく、田端課長に知らせておこう」

天童が受話器を手に取るのを樋口は無言で見ていた。

11

天童は電話をかけ終えると、樋口に言った。

「田端課長は、すぐにこちらに向かうと言っている」

樋口は尋ねた。

「灰谷たちは、その人物の身柄をどこに運ぼうとしているのでしょう」

「ここに運んでくると言っている。やつらも考えたな」

「考えた……？」

「自分たちが今回の殺人事件を捜査するのが無理筋だということは、本人たちも承知の上なんだ。だから、ここに運んでくる。もし、何か問題が生じたら、俺たち特捜本部がその人物を拘束したことにするつもりだろう。身柄がここにあれば、そういうことにできてしまう」

なるほどそういうことか、と樋口は思った。

「ならば、我々も話が聞けるのですね」

「当然、そうさせてもらう。引っ張ってくる人物から話を聞くと同時に、灰谷たちからも話を聞かなければならない。どういう理由で引っ張ったのか……」

それから約三十分後、灰谷と荒木が、一人の男を伴って特捜本部に姿を見せた。小柄な男だ。おそらく三十代だが、童顔なので若く見えるタイプだ。もしかしたら四十代かもしれない。

灰谷が管理官席に近づいてきて言った。

「取調室を使わせてもらえるか？」

天童がこたえた。

「その前に、彼はいったい何者なのか教えてくれ」

「亀田至《かめだいたる》、四十歳。秋葉康一の秘書の一人で、主に広報などを担当しているということだ」

樋口は驚いた。

「秋葉康一の秘書を引っ張ってきたというのですか？」

「何をそんなに驚いているんだ？」

「いったい、何の容疑で？」

「被疑者じゃないよ。ちょっと事情を聞きたいので来てもらった。もちろん任意同行だよ」

天童が尋ねた。

「何の事情を聞くつもりだ？」

「事件があった日、彼が現場近くにいた可能性が高い」

「事件の日……？」

「そう。四月二十一日火曜日の午後十時頃のことだ」

「十時……？　死亡推定時刻は、午後十一時以降だぞ」

「だから何だ？　重要なのは、その日の夜に現場付近にいたという事実じゃないのか？」

「事情を聞くなら、特捜本部の者も同席させてもらう」

「立ち会いたいというなら、好きにすればいい。ただし、取り調べは検事が優先だ。わかっているな」

天童が樋口を見た。樋口はうなずいて言った。

「自分が立ち会いましょう」

「頼む」

天童は、係員に指示して取調室の用意をさせた。樋口たちは、そこに移動した。

亀田至は、取調室に連れて行かれても別段慌てたり怯《おび》えたりする様子はなかった。彼はただ不機嫌そうだった。おそらく、寝ているところを起こされたのだろう。

机を挟んで亀田の正面に、灰谷が座った。その隣に荒木。樋口は記録席に座った。

灰谷が、氏名、年齢、住所、職業を尋ねると、亀田が言った。

「そういうの、省略していいでしょう？　被疑者の取り調べじゃないんだから……。それとも、なに？　俺、被疑者なの？」

灰谷はその問いかけにはこたえなかった。

「すべての供述に、身元の記録が必要なんだ」

亀田はこたえた。樋口は、住所を聞いて「おや」と思った。彼は世田谷区代沢四丁目に住んでいると言ったのだ。

灰谷が質問を続けた。

「四月二十一日の午後十時頃、殺人事件の現場近くにいたのは事実だね？」

「ですから……」

亀田がうんざりしたような顔でこたえた。「そんなことは覚えていないと言ってるでしょう」

「思い出すんだ」

「殺人の現場って、相沢さんのお宅のことでしょう？　そこならいつも通っていますし……」

いつも通っている……。つまり、通勤路だということだ。永田町か選挙区の事務所から代沢四丁目の自宅に帰るのに、そこを通るということだろう。

灰谷がさらに尋ねる。

「相沢和史の自宅を知っていたということだね？」

「ええ、知っていましたよ。秋葉の有力な支援者でしたからね」

「現場付近の防犯カメラに、あんたの映像があった。四月二十一日の午後十時頃のことだ」

それを聞いて、樋口は驚いた。彼らは、どこから防犯カメラの情報など入手したのだろう。

亀田が言った。

「へえ。なら、そうなんでしょう。覚えてないけど……」

「十時から午前一時頃までのことを知りたいんだが……」

「防犯カメラに映っていたのは、帰宅途中の俺ですよ。カメラがどこにあったか知らないけど、相沢さんの自宅の近くだとしたら、それから十分くらいで、俺は自宅に戻っているはずです」

「つまり、十時十分頃には自宅に戻っていた、と……」

「おそらく」

「それを証明できる人は？」

「なに？　アリバイってこと？」

亀田はむっとした顔になった。灰谷は何も言わない。

「俺、一人暮らしですからね。証明してくれる人はいませんね」

灰谷は樋口に背を向けているので、そのとき彼がどんな顔をしたのか、樋口にはわからなかった。

おそらく表情は変わらなかっただろう。だが、事が思い通りに進んでいることへの満足を感じているに違いないと思った。

灰谷は、氏家が言ったように、自分たちが描いた絵、つまり創作したシナリオに沿う供述を得ようとしている。

これはきわめて危険なことだ。そして、危険だが、頻繁に行われていることだ。

刑事もやることがある。あらかじめ設定した筋に沿うように被疑者の取り調べを行う。筋からはみ出すような供述は無視するか、修正するように説得する。

よほど強靭な精神力を持った者でないと、こうした刑事の誘導尋問に抵抗できない。ごく一般的なのは、「罪を認めれば軽い刑罰で済むし、起訴猶予ということもある」という囁きだ。

量刑を決めたり、起訴するかどうかを決めるのは刑事ではない。それでも被疑者はその言葉に救いを求めてしまう。一刻も早く拘束から逃れたいと思うからだ。

罪を認めない限り拘束し続けるというのも、よく使う手だ。本来は、勾留期間は最大で二十三日と決められているが、勾留延長の申請を無限に繰り返し、何年でも勾留を続けることができる。

これでは事実上、禁錮刑と同じことだ。検察はやりたいように捜査を進めることができる。それをとがめる者はいない。日本においては、弁護士はほとんど無力だ。判事が検事の言うことをほぼ百パーセント鵜《う》呑《の》みにするからだ。

こうして冤罪が作られていく。

樋口は、その冤罪を作る側の人間だ。だからこそ抵抗しなければならないと考えている。灰谷がもし暴走しそうになったら、それを止めるのは自分の責任かもしれないと、樋口は思った。だが、ただ口で言ったところで、灰谷は耳を貸そうとはしないだろう。樋口の側にも戦略が必要だ。

その戦略を、今のところ思いつかなかった。

灰谷は言った。

「では、二十一日午後十時以降のあんたの行動は誰にも証明できないということだな？」

取調室に拘束され、こういうことを言われると、誰しも不安になる。これだけでパニックになる者さえいる。

だが、亀田はそうではなかった。先ほどから見ていると、なかなか腹が据わっている。広報を担当する秘書だということだが、もしかしたら、元はジャーナリストなのではないかと、樋口は思った。

　亀田が言った。

「証明する必要なんてないでしょう。俺はただ職場から帰宅しただけなんですから」

　灰谷が言う。

「その言葉も、証明することはできない」

「もし、俺に何かの疑いをかけているのだったら、その疑いの根拠も証明しなければならないでしょう。そっちだって証明できないんじゃないですか？」

　やはりジャーナリストだろう。でなければ、弁護士か……。いずれにしろ亀田は、捜査の仕組みをある程度知っている。でなければ、取り調べを受けて、こんな反論はできない。樋口はそう思った。

　灰谷は淡々と言う。

「事件が起きたときの、あんたの行動を明らかにできない。それだけで、疑うには充分なんだよ。なにせ、防犯カメラにその姿が映っているんだからな」

「それは根拠にならないでしょう。通勤路を歩いているだけなんだから」

「いや、根拠の一つになるんだよ。あんたは、秋葉康一の秘書なんだろう？」

「それがどうしました？」

「被害者の相沢和史と秋葉康一の関係を考えれば、いろいろなことが考えられるさ」

「相沢さんが亡くなって、秋葉はひどく衝撃を受けていましたよ。学生時代からの親友でしたからね」

「苦労を共にするときは親友でも、立場が変われば、邪魔者になることもある。そうだろう」

亀田が怪訝そうな顔をした。

「それは、どういうことですか？」

本当に灰谷の言っていることが理解できない様子だった。

灰谷がこたえた。

「言ったとおりの意味だよ」

「相沢さんが、何かの理由で、秋葉の邪魔者になったと言いたいのですか？　それはあり得ませんね。俺の知る限り、二人の関係はずっと変わっていません」

灰谷は何度かうなずきながら言った。

「身内のあんたなら、そう言うだろうな」

「身内だろうが何だろうが、変わりませんよ。彼らのことを知っている者は、誰だってそう言うに決まっています」

灰谷が言った。

「そういう質問はしていないんだ。余計なことは言わなくていい」

「余計なこと……？」

亀田が言った。「相沢さんと秋葉の関係は、そっちが言いだしたことですよ」

「質問したわけじゃない。質問したことだけにこたえてもらう」

相沢和史と秋葉康一の現在の関係についての亀田の供述は、重要なことなのではないか。樋口はそう思った。それを灰谷はあえて無視しようとしている。自分たちにとって都合が悪いからだ。

こういうことを積み重ねて、事実ではあるが真実とは程遠い供述書を作り上げるのだ。それを許すわけにはいかない。

樋口はそう思い、言った。

「私も質問していいですか？」

即座に振り向いたのは荒木だった。彼は樋口を睨みつけた。それから灰谷がおもむろに振り向いて言った。

「私たちの質問が済んでからにしてもらいたい」

樋口は言った。

「そうしようと思いましたが、質問がいつ終わるかわからないので……」

灰谷はしばらく樋口を見つめていたが、やがて再び背を向けると言った。

「どうぞ、質問してください」

樋口は、亀田に対して官姓名を告げた。灰谷たちが名乗ったかどうかは知らない。だが、自分はそうすべきだと思った。

それから樋口は尋ねた。

「あなたは、相沢さんと秋葉議員との関係について詳しくご存じですか？」

亀田がこたえた。

「まあ、詳しいかどうかはわかりませんが、秋葉の友人や支援者については、ひととおりのことは知っているつもりです」

「お二人の関係はずっと変わっていないとおっしゃいましたが、それは学生時代から変わっていないということでしょうか？」

「学生時代のことは知りません。私が知っているのは、秋葉が選挙に出はじめてからのことです」

「それは正確にはいつ頃のことですか？」

「最初は区議会議員選挙でしたね。秋葉が三十歳のときのことですから、十五年前のことになります」

「つまり、相沢さんとは十五年間変わらないお付き合いだったということですね？」

「そうだと思います」

「相沢さんは大学を卒業した三年後に、秋葉議員に対して政治資金を提供したということですが……」

「ああ、三百万円ですね。秋葉も相沢さんもカンパと言っていましたが、そういう曖昧な言葉はよくないと俺たちは考えて、ちゃんと寄付金だったことを明示していますよ。相沢さん個人から、秋葉の正式な資金管理団体への寄付です」

「会社から出金されたという話もありますが……」

亀田はきっぱりと首を横に振った。

「そんなことはありません。ちゃんと相沢さんの口座から振り込まれています」

荒木が吐き捨てるように言った。

「ふん。いくらでも抜け道はある」

亀田が荒木を見て言った。

「抜け道なんて必要ありませんよ。何も違反していないのですからね」

荒木がさらに言った。

「どうかな。金の流れを追ってみれば、いろいろなことがわかるはずだ」

「万が一、政治資金規正法に違反していたとしても、時効は三年ですよ。もし、そのことで、俺が拘束されているのだとしたら、これは根拠の希薄な違法捜査ということになります」

灰谷が言った。

「任意同行だと言ったはずだ。それにあんたが同意したわけだから、違法じゃない」

亀田がそれに対して言った。

「殺人現場の近くにあった防犯カメラに、犯行時間の前後、俺の姿が映っていたということは認めました。それについて、警察がいちおうチェックしなければならないということも理解しました。ですが、俺が理解できるのはそこまでだし、協力できるのもそこまでです」

樋口は言った。

「もう少しだけ質問させてください。殺人の動機についての重要な話なのです」

「嫌だと言っても質問するでしょう?」

「相沢さんからの寄付は、最近も続いていたのでしょうか」

「続いていたと思います。秋葉は多くの支援者から少しずつ寄付を集めるという方針を採っています。だから、秋葉はよくカンパという言い方をするのです。学生時代の政治活動の名残なんだと思います」

荒木が言った。

「過激派だったのか。そんなやつが国会議員をやっているなんて許せないな」

亀田が苦笑した。

「政治活動をしていた学生がみんな過激派だったというのは、あまりに短絡な考え方ですね。政治活動にもさまざまな形があります。秋葉は市民運動家でした」

樋口は、荒木が茶々を入れないうちに質問した。

「つまり、相沢さんの寄付は、その他大勢の支援者と同じ額だったということですか?」

「必ずしも同じとは言い切れません。寄付は一口いくらという形なので、相沢さんは何口か寄付してくれていたと思います」

「記録はありますか?」

「もちろん秋葉の個人事務所のほうで、ちゃんと管理しています」

「その記録を拝見できませんか?」

亀田が反感のこもった眼差しを樋口に向けた。

「何のためにですか？　捜査に必要なら、また令状を取ってください」

荒木が言う。

「令状くらい、いくらでも取ってやる。ついでに、おまえの逮捕令状も取ってやろうか」

「何の容疑で逮捕するんですか？」

「殺人だよ」

亀田があきれた顔になった。

「そんな無茶な令状が認められるわけないじゃないですか」

捜査のことを知っているようで、実はよく知らないらしいと、樋口は思った。

検察官が請求した逮捕状を、裁判官が拒否することはほとんどない。口頭で説明を求められることはあるが、それでもほぼ認められると考えていい。

樋口は言った。

「今、あなたを逮捕する理由はありません。また、相沢さんの寄付額については、強制執行をする段階ではないと思っています。ですから、協力をお願いしているのです。それを拝見したい理由は、秋葉議員に相沢さん殺害の動機があったかどうかを判断するためです。動機があったことを否定するためにも、拝見したいと思っているのです」

亀田が言った。

「ほう……。動機があったことを否定するためにも……」

「そうです」

「いずれにしろ、ここにいたのでは、それをお見せすることもできない」

荒木が言った。

「ガサかけりゃいいだけのことだ」

その一言で、ふと樋口は思い出した。

「そういえば、二課が選挙違反の疑いでガサをかけていますね」

灰谷と荒木が顔を見合わせた。それから、灰谷が振り向いた。

「だから何だと言うんだ？」

「二課は、寄付についての資料も持ち帰っているんじゃないですか？」

12

「先ほど、あなたは、また令状を取ってくださいとおっしゃいました」

樋口は言った。「その『また』が気になっていたのです。選挙違反容疑で二課が家宅捜索をしたことを念頭におっしゃったわけですね」

亀田が言った。

「そうですよ。痛くもない腹を探られるのは不愉快ですが、それが二度も三度も重なると不愉快どころではなくなります。こっちもそれなりの措置を取らせていただくことになりますよ」

樋口は言った。

「そんなつもりはなかったのです。先ほども言いましたが、容疑を否定するためにもいろいろなことを確かめる必要があるのです」

亀田が灰谷と荒木を見て言う。

「この人たちは、とてもそういう態度じゃないですね」

樋口は言った。

「仕事熱心なんです」

亀田が言った。

「もう、帰っていいですか？」

灰谷が言った。

「まだ、話は終わっていない」

「任意同行ですよね。だったら、帰りたいときに帰れるはずです」

「こちらの訊きたいことにこたえてもらわないと……」

「訊かれたことにはもうこたえたはずです」

「二十一日午後十時から翌日の午前一時までの間、あなたがどこで何をしていたかがまだわからない」

「だから言ってるでしょう。自宅に帰ったんだって……」

「それを証明できる人がいないのでしょう？」

亀田はうんざりした顔で言った。

「朝早くに自宅に押しかけてきて、言いがかりですか。ばかばかしいので、帰りますよ」

亀田が立ち上がろうとした。荒木が驚くほどの速さで立ち上がり、亀田の肩を押さえつけた。

「座るんだ」

樋口は言った。

「取り調べの際に、相手に手を触れるのはいけません」

荒木は樋口に言った。

「ふん。誰だってやってることだろう」

「検察ではどうか知りませんが、最近の警察ではちゃんと気をつかうんです」

亀田がひどく腹立たしげな態度で言った。

「不当な監禁ですね。訴えますよ」

灰谷が言った。

「誰に訴えると言うんだ。あらゆる検事と判事はこっちの仲間なんだよ」

樋口はついにたまりかねて言った。

「いい加減にしてください。これ以上拘束したら、彼が言うとおり不当な監禁ということになります。へたをすると、逮捕・監禁の罪で本当に訴えられますよ」

灰谷が樋口に言った。

「誰に向かって言ってるんだ。訴えなんて起こさせない。どんな提訴も握りつぶしてやる」

樋口はすっかりあきれてしまった。

東京地検特捜部の検事というのは、この程度の連中なのだろうか。検事たちは、「秋霜烈日」をモットーにしているという。何事にも厳しく臨むということだ。

その思いが空回りしているとしか思えない。罪が確定していない一般人を責めるのが彼らの「秋霜烈日」なのだろうか。

いつか天童が言った厚労省の女性官僚に対する冤罪事件の頃には、もう連中の劣化が進んでいたという声もあるが、もしかしたらそれはあながち間違いではないかもしれないと、樋口は思った。

「とにかく、彼をここに拘束しておく根拠はありません」

灰谷は立ち上がり、樋口に言った。

「ちょっと来てくれ」

彼が樋口の脇を通り抜け、出入り口を開けて出ていったので、樋口はそれに続いた。

廊下に出て樋口がドアを閉めると、灰谷が言った。

「邪魔をするな」

樋口はこたえた。

「私はあなたがたを助けているつもりですが……」

「助けている？」

「そうです。このまま違法な取り調べを続ければ問題になりますよ」

「ずいぶん甘いことを言うじゃないか。彼は殺人の実行犯かもしれないんだ」

「私にはそうとは思えませんが」

「だから最近の刑事はだめなんだよ。落ちるまで攻めるんだよ」

「彼が殺人の実行犯かもしれないと、疑う理由は何ですか？」

「事件の日、現場近くの防犯カメラに彼の映像が残っていた」

「彼は通勤路だと言ってるんです」

「おめでたいな。被疑者の言い訳を真に受ける刑事がどこにいる」

「もちろん、裏を取ることは必要ですが、相手が言うことを信じることも、時には必要でしょう」

「被疑者の言うことを信じてどうする」

「亀田さんは被疑者じゃありませんよ」

「時間の問題だよ。ゲロすれば、逮捕状を請求して執行する。そうなりゃ、殺人事件は一件落着。我々はさらに追及して秋葉の罪を暴けるかもしれない」

「とにかく、これはいけません。亀田さんは解放すべきです」

灰谷が驚いた顔になった。

「引っ張ってきて、何も聞き出せずに放免にしろというのか？　冗談じゃない。それじゃ何のために引っ張ってきたのかわからないじゃないか」

「だから、引っ張る前に証拠固めが必要なんじゃないですか。殺人の捜査は我々特捜本部に任せてください」

あんたたちの出る幕ではないと言いたかったのだ。

「悠長なことをしていたら、機会を逸してしまうんだよ」

「機会……？　いったい何の機会です？」

灰谷はしかめ面になった。

「そんなことはどうでもいいだろう」

「国会が召集されたら、議員の不逮捕特権で、秋葉議員を逮捕できなくなる。そうなる前に逮捕して、与党が推していた候補を繰り上げ当選させたい……。そういうことですか？」

灰谷は言った。

「そんなことは一言も言っていない。勝手に邪推するな」

「どんな手を使ってでも秋葉を失脚させたい。それで、亀田さんを引っ張ったわけですね？」

「疑いがあるから引っ張った。それだけのことだ」

「防犯カメラのデータはどこから入手したんです？」

「そんなことを、あんたに話す必要はない」

「捜査の都合上、聞いておかなければならないと思います」

灰谷は舌打ちした。それからドアを開けて大声で言った。

「おい、荒木。引きあげるぞ」

荒木が怪訝そうな顔で廊下に出てきた。灰谷は、いまいましげな顔で樋口を睨みつけると、その場から歩き去った。荒木が慌てた様子でそれを追っていった。

樋口は取調室に戻ると、亀田に言った。

「お帰りいただいてけっこうです。いろいろとご迷惑をおかけしました」

亀田は無言で立ち上がり、取調室を出ていった。事務所のガサ入れに、突然の拘束。しかも早朝に訪ねていった。

それらのことで、警察に対して怨みを抱いているに違いない。それも仕方のないことだと、樋口は思っていた。

特捜本部に戻ると、天童が田端課長と幹部席で話をしていた。樋口はすぐに幹部席に呼ばれ、天童に尋ねられた。

「どんな様子だった？」

「地検特捜部の二人はめちゃくちゃです」

田端課長が眉をひそめて聞き返した。

「めちゃくちゃ……？」

「ええ。はなから犯人扱いなんです」

天童が言った。

「ほう……。ヒグっちゃんが腹を立てるのは珍しいな」

「しょっちゅう腹を立てていますよ」

「それを普段は表に出さない。それだけ特捜部検事たちがひどいということだろうな」

田端課長が尋ねた。

「秘書の名前は？」

「亀田至です」

「事件当時、現場の近くにいたということだが……」

「二十一日の午後十時頃、現場付近に設置されていた防犯カメラに、彼の姿が映っていたのだということです」

「それで、本人は何と……」

「防犯カメラがあった場所、つまり、被害者宅の近くの道は、通勤路だと言っています。帰宅するところが映ったのだろうと……」

「午後十時か……」

田端課長は考え込んだ。「死亡推定時刻が午後十一時から午前一時の間……。関連を疑おうと思えば疑える、ぎりぎりのところだな……」

樋口は言った。

「亀田至さんは、帰宅してずっと自宅にいたと供述していますが、それを証明する者はおりません」

天童が田端課長に言った。

「犯人に仕立て上げようと思えば、根拠にできる時刻ではありますね」

「特捜部検事たちは、それをやろうとしているんだろう」

天童が言った。

「そもそも彼らに、この殺人事件を捜査する権限はありませんよ」

田端課長が難しい顔で言う。

「権利がないとは言えない。基本的に検事はどんな事案でも手がけることができる。担当が変わったと言えばそれまでだ」

「やっかいですね」

田端課長は、その言葉にうなずいてから、樋口に尋ねた。

「それで、亀田さんは？」

「お帰りいただきました」

「警察を憎んでるだろうな」

「選挙違反容疑でガサ入れされ、その上早朝に突然、身柄を拘束されたのですから……」

「今後、秋葉陣営が警察に対して敵対行動を取るかもしれない」

天童が言った。

「そうなれば、特捜部検事たちの思う壺ですね。やつら、刃向かう者たちを片っ端からしょっぴきますよ。そして締め上げるんです。中には音を上げる者も出るかもしれません」

「そうならないように、俺たちが眼を光らせるしかないな」

「部長はどう出るでしょうね？」

「まっとうな捜査感覚があれば、特捜部検事たちに耳を貸すようなことはないと思うがな……。だが、いざとなれば二課の柴原を頼りにすることもあり得る」

そのとき樋口は、自分たちのほうに近づいてくる捜査員に気づいた。樋口の係の者だ。名前は小椋重之。五十一歳の頼りになるベテラン警部補だ。

樋口は彼に尋ねた。

「何か用ですか？」

彼は部下だが年上なので、敬語を使う。

「あ、お取り込み中すいません。捜査会議の前に、昨日の聞き込みの結果を管理官に報告しようと思いまして……」

天童が言った。

「今課長と話をしている」

小椋は幹部席の田端課長に対して、深々と礼をした。

「失礼いたしました」

田端課長が言った。

「構わないよ。どうせ、後で管理官から話を聞くことになるんだ。ここで済ませちまったほうがいい。何か耳寄りな話はあるのかい？」

小椋が言った。

「耳寄りと言いますか、まあ、よくある話なんですが……」

「よくある話……？」

「脅迫です」

「会社にかい？」

「電話は会社にかかってきたのですが、相沢和史本人と話をしたかったようです」

「脅迫の内容は？」

「シンプルでしてね。ずばり、相沢和史を殺す、と……」

「なるほど、シンプルだな」

天童が尋ねた。

「何か要求とかはなかったのか？」

「なかったようですね」

田端課長が質問する。

「届けとかは出ていないのか？」

「相沢和史は本気にしなかったようですね。電話で脅迫してくるやつが、本当に殺したりはしない、と言っていたようです。本当に殺すつもりなら、アポなど取らない、と……」

「まあ、それも言えてるがな、他に要求がないということを考慮すべきだな」

天童が田端課長に尋ねた。

「気になりますか？」

「そりゃあ気にすべきだろうよ。殺すという脅迫があって、実際に殺されてるんだから」

天童がうなずいてから、小椋に質問した。

「脅迫の相手はわかっているのか？」

「相手は名乗らなかったようですが、会社と相沢和史に怨みを持っている者でしょう。……となると、出資者の一人である可能性が高いです」

「損をさせた相手ということかな……」

「その可能性が高いですね。調べていいですか？」

田端課長がうなずいた。

「やってくれ。脅迫者を見つけるんだ」

「了解しました」

「これで、会議で発表する手間が省けたな。会議に出ることはないぞ。すぐに捜査に出てくれ」

天童が言った。

「担当の捜査員を増やしましょう。こういう捜査は人海戦術しかありません」

「そうしてくれ」

「では、さっそく段取りをします」

天童が礼をして幹部席を離れた。

樋口と小椋も礼をして、天童を追った。


管理官席に戻ると、天童は樋口と相談して、他の捜査をしている者たちの中から、四人を選び、脅迫者捜査に回した。

天童が小椋に言った。

「オグさんが脅迫者捜査班を仕切ってくれ」

「了解しました。脅迫者捜査班ね……」

「ただの鑑取り班というよりぴんと来るだろう」

「そうですね。でも……」

「でも、何だ？」

「課長に人海戦術と言いませんでしたか？　四人増やしただけじゃ、人海戦術とは言えないんじゃないですか？」

「どこもぎりぎりで回しているんだ」

「課長はこれ、本命だと踏んだんじゃないですか？」

小椋の言葉を受けて、天童が樋口を見て言った。

「どう思う？」

「本命と考えたかどうかはわかりません。ただ、気にすべきだろうという課長の言葉は、そのとおりだと思います」

天童は小椋に言った。

「あと二人回そう。計六人をプラスするということだ」

小椋がにっと笑って言った。

「じゃあ、俺は出かけますよ。ぐずぐずしていると課長に怒られますからね」

樋口は、その六人全員に連絡を取り、小椋の指揮下に入るように告げた。

その連絡が終わる頃、氏家と綿貫係長が休憩を終えて戻ってきた。顔を洗ったらしく、二人ともさっぱりとした顔をしている。

氏家が樋口に言った。

「寝てる間に、何か進展しているんじゃないかと思うと、けっこう落ち着かないもんだな」

「ああ。捜査本部や特捜本部ってのはそういうもんだ」

「それで、何かあったか？」

樋口は、特捜部検事たちが亀田至の身柄を引っ張ってきたことと、相沢和史に脅迫があったらしいことなどを説明した。

氏家といっしょに、綿貫係長もじっと話を聞いていた。

聞き終えると氏家が言った。

「特捜部検事たちは、何を考えているんだ……」

その質問にこたえたのは天童だった。

「考えていることは一つだ。秋葉康一の首を取ることだ。そのためにこの殺人事件を利用しようとしている」

氏家が言った。

「選挙違反のガサ入れと同様に……」

「そう。間違いなく、二課も利用されたんだ」

そのとき「起立」の号令がかかった。

刑事部長、北沢署署長、そして柴原二課長が入室してきた。管理官席の樋口たちも起立して彼らを迎える。

天童が言った。

「さあ、捜査会議だ」

灰谷と荒木は姿を見せない。樋口はほっとしていた。

13

会議では主に、天童が報告をした。

地検特捜部の二人が、秋葉康一の秘書の一人を任意同行したと聞くと、刑事部長は興味深そうな顔をした。

相沢が脅迫されていたらしいという報告には、あまり関心を示さない様子だった。

天童の報告が終わると、刑事部長がさっそく質問した。

「その秘書の身柄は？」

天童がこたえる。

「すでに解放しました」

「どうしてだ？　事件当夜、現場近くの防犯カメラに映っていたんだろう？　実行犯かもしれない」

「本人は通勤路だと言っています。これから裏を取りますが、それはおそらく本当のことだったと思います」

「だからって、実行犯じゃないということにはならんだろう」

「犯行時刻は午後十一時から未明の一時頃の間です。彼が防犯カメラに映っていたのは午後十時頃。時刻が一致しません」

「下見か何かしていたのかもしれない。あるいは待ち伏せか……」

それは憶測に過ぎない。根拠のない発言だと、樋口は思った。天童も同じことを思っているはずだ。だが、部長に対してそれを言うわけにはいかない。

田端課長も少しばかり困った顔をしている。そのとき、捜査二課の柴原課長が言った。

「任意同行ですから、拘束はできませんよ」

刑事部長は柴原課長を見て言った。

「それはそうだが、実行犯かもしれないんだ」

「地検特捜部の人たちはそう考えて引っ張ったんでしょうがね……。説得力はないと思いますよ。現段階では逮捕状など取れません」

「自白を取れば、逮捕状も下りる」

「相手は、衆議院議員の秘書ですよ」

それを聞いて、刑事部長も言葉を呑んだ。ややあって、彼は言った。

「そうだな……。相手が衆議院議員となれば、慎重に行かなければならない」

「私もそう思います」

田端課長が管理官席のほうを見た。天童と田端課長が眼を合わせた。

二人が何を考えているか、樋口にはわかった。柴原課長が、刑事部長をコントロールすると言ったのは、あながち嘘ではなかったようだ。二人はそれを確認し合ったのだ。

樋口は挙手して発言を求めた。

田端課長が言った。

「何だ？」

「柴原二課長にうかがいたいことがあります」

柴原課長が涼しげな眼差しを向ける。

「何でしょう？」

「選挙違反の疑いで、秋葉康一の事務所に家宅捜索を行いましたね」

「ええ」

「そのときに、寄付金の記録を押収していないでしょうか？」

「寄付金の記録……？」

「はい。それを精査する必要があると思います」

「殺人の捜査なのに、なぜです？」

「動機に関わる事柄だからです」

刑事部長が難しい顔をして言った。

「わかるように説明してくれ」

樋口は話しはじめた。

「東京地検特捜部の二人は、相沢殺害の主犯が秋葉康一なのではないかと考えている節があります。その根拠は、政治資金規正法違反、あるいは贈収賄だと言うのです」

「たしか、若い頃に三百万円振り込んだということだな」

「そうです。秘書の亀田によると、それは相沢個人から秋葉の資金管理団体への寄付なので、違法性はないということです」

「ならば、地検特捜部の連中は何を問題視しているんだ？」

「その三百万円が、相沢個人ではなく彼の会社から出た金ではないかと疑っているのです」

「企業から出た献金なら一発アウトだが、いかんせん、とっくに時効だろう」

「政治資金規正法違反や贈収賄は、繰り返される傾向にあると、彼らは言います。ですから、最近も同様のことが行われていたのではないかと疑っているのです。そして、そのことが、相沢殺害の動機になったのではないか、と……」

刑事部長は、しばらく考えてから言った。

「あり得んことではないな」

「ですから、寄付金の記録を精査すれば、そういう事実があったのかどうか、明らかになると思います」

柴原課長がうなずいた。

「わかりました。しかし、寄付金の記録だけを調べるのでは不足ですね。違法な献金などは故意に記載しないこともあり得ます。帳簿も押さえてありますので、それも調べてみましょう。金の動きを追うのは、我々の専門分野ですから、任せてください」

たしかに、帳簿などを精査する能力において、樋口たちは二課の連中には遠く及ばないだろう。

天童が田端課長に尋ねた。

「では、その件は二課に任せるということでよろしいですか？」

田端課長が言った。

「いいだろう。やってもらおう。さて、それでもし、政治資金規正法違反や贈収賄の事実がなかったとしたら、地検特捜部の連中が言う殺人の動機もなくなるってことだね？」

樋口はこたえた。

「そういうことだと思います」

田端課長が言った。

「そこで、脅迫の件がクローズアップされてくると、俺は思うんだがね……」

すると、刑事部長が顔をしかめた。

「脅迫なんて、よくある話だろう。そういう雑魚《ざこ》のような情報に踊らされちゃいかんよ」

田端課長が部長に言った。

「『殺す』という脅迫があり、実際に殺害されているんです。無視することはできません」

「私は無視しても構わんと思うがね……。まあ、捜査一課長がそう言うなら、調べてみればいい。私は、二課が何かを見つけることを期待しているよ」

刑事部長は、東京地検特捜部の二人と捜査二課の柴原課長が同じ陣営にいると考えているのかもしれないと、樋口は思った。

そして、どちらかというと、田端課長よりも柴原課長や東京地検特捜部の側に傾いているように思われる。

天童が言った。

「他に何かなければ、会議を終わりますが……」

そのとき、氏家が挙手して言った。

「ちょっと、いいですか……？」

天童が指名すると、起立して氏家が言った。

「東京地検特捜部の二人が、秋葉康一の秘書の亀田を引っ張る理由にしたのが、防犯カメラの映像でしたよね。我々特捜本部も入手していない映像を、なんで彼らが手に入れていたんです？　それ、明らかにしておいたほうがいいんじゃないですかね？」

それに対して、刑事部長が言った。

「たしかにそれは問題だな」

「あの……」

捜査員席で挙手する者があった。出動服姿の鑑識係員だ。

天童が指名して言った。

「何です？」

立ち上がった鑑識係員の顔色が悪い。

「東京地検特捜部の灰谷検事から連絡があり、防犯カメラの映像データがあれば、渡すようにと言われました」

樋口は眉をひそめた。

刑事部長、田端課長、天童らも同様だった。

天童が尋ねた。

「それで、どうしたんだ？」

「検事に言われちゃ逆らえないですよ。特捜本部とは話がついてると言われましたしね……」

鑑識係員を責めることはできないと、樋口は思った。彼が言ったとおり、検事に何かを命じられたら、なかなか断ることはできない。

非があるのは、灰谷だ。彼は、嘘をついて映像データを横取りしたのだ。

氏家が言った。

「特捜本部が調べるべき映像データを無断で持っていったんです。これって、捜査妨害じゃないですか」

田端課長が刑事部長の顔を見た。刑事部長は渋い顔をしている。

鑑識係員が付け加えるように言った。

「しかも、灰谷検事は特捜本部からの依頼だと言ってＳＳＢＣに映像解析をやらせているんです」

捜査分析能力において、検察庁が警視庁にかなうはずがない。だから、警視庁をうまく利用したということだ。

検事なら何をやってもいいという思い上がりを感じる。

「わかった」

刑事部長が言った。「その件については、私のほうからひとこと言っておく」

それが会議を締めくくる言葉となった。


捜査会議が終わってしばらくすると、刑事部長と北沢署署長が席を立った。日が経つにつれて、刑事部長が特捜本部にいる時間はどんどん短くなっていくはずだと、樋口は思った。

幹部が一つの仕事に縛りつけられるわけにはいかない。特捜本部を留守にするのは仕方のないことなのだが、細切れの情報をもとに決定的な判断を下されると困る。

特捜本部の最終的な判断を下すのは警視総監だが、実質的には刑事部長の責任だ。

重要事項を決定するためには、すべての情報を継続的に把握している必要がある。今の刑事部長がそういう状態にあるかどうか、樋口は不安に思っていた。

「脅迫者から何か要求がある場合は、その受け渡しのときとかに、身柄確保のチャンスがあるんだがね……」

管理官席で氏家が言った。樋口は聞き返した。

「相沢和史に対する脅迫の件か?」

「そう。何の要求もなく、ただ『殺す』というだけじゃ、身元を割り出すだけでも一苦労だな……」

「だが、やらなきゃならない。家宅捜索で入手したものを、再度精査する必要があるな」

樋口の携帯電話が振動した。小椋からだった。

「はい、樋口」

「係長。『四つ葉ファイナンス』で、脅迫者の音声データを入手しました」

「電話を録音していたということですか？」

「ええ。トラブルに備えて、普段から顧客からの電話を録音する習慣があったそうです」

「会社で相手の素性は把握していないのですね？」

「それはわからないということです」

樋口は違和感を覚えた。

「素性のわからない者からの電話を、社長に取り次いだということなんですか？」

「そういうことになりますが、そのへんの詳しいことはまだ聞けていません」

「詳しく話を聞いてください」

「了解しました。以上です」

「あ、それから……」

「何です？」

「報告は、私にではなく、管理官にしてください」

「いやあ、俺はまず係長に知らせますよ。係長と天童さんはツーカーだから構わんでしょう。じゃ……」

電話が切れた。

しょうがないな……。樋口は、そう思いながら、天童に今の電話の内容を伝えた。話を聞き終わると、天童が言った。

「データを入手したら、音声解析に回してくれ」

　すると、氏家が言った。

「鑑識にデータを任せてだいじょうぶですかね？　また地検特捜部のやつらに渡しちまうんじゃないですか？」

　天童がこたえた。

「彼らは事情を知らなかったんだ。今後はだいじょうぶだよ」

　綿貫係長が言った。

「音声データが、身元割り出しの役に立ちますかね……」

　天童が言う。

「何もないよりずっとましだろう。手がかりは手がかりだよ」

　それを補足するように樋口は言った。

「声紋は指紋と同じだ。どこかで一致する声紋が見つからないとも限らない」

　綿貫係長が肩をすくめる。

「なんだか、心許《こころもと》ないですね……」

「今はな」

「今は？」

「そのうち、手がかりが増えて、この音声データが決定的な証拠になるかもしれない」

　綿貫係長はあきれた顔で樋口を見て言った。

「あなたはどうしてそうポジティブになれるんです？」

樋口はこたえられなかった。代わりに氏家が言った。

「俺も同じことを思ったことがあるよ。彼はね、ポジティブなわけじゃないんだ。そうなろうとしているだけだ。けどね、それって単にポジティブだというより重要なことかもしれない」

「えー、それ、どういうことです？」

「彼はね、ネガティブになることが、いかに捜査においてマイナスか知っているわけだ。だから、そうならないように自分に言い聞かせているんだ」

「へえ……。それって、立派なことですよね」

「そう。立派なことだよ」

「そんなんじゃないさ……」

樋口はぼそりと言った。

ただ、前向きに考えないとやっていられないというだけのことだ。

樋口は天童に言った。

「オグさんからの報告ですが……。ちょっと、ひっかかることがありまして……」

「何だ？」

「『四つ葉ファイナンス』では、トラブルに備えて、顧客からの電話を録音するということですが……」

「ああ、それは今しがた聞いた。だから、音声データが残っていたんだろう？」

「ええ……。そんなに用心深いのに、素性もわからない脅迫者の電話を、社長の相沢和史につないでいるんです」

天童がふと思案顔になる。

氏家が言った。

「トラブル対策と安全保障はまた別問題だろう」

樋口は聞き返した。

「どういうことだ？」

「電話を録音するのは、法的措置を取るときの証拠とか、社員教育のためだろう。犯罪などの危険から社員を守るためじゃない」

「トラブル対策も安全保障も、危機管理の一環だ。顧客から金を預かる業種だ。普段から社員たちは危機管理の意識が強かったはずだ。不審者からの電話を社長に回すと思うか？」

「不審者だと思わなければ、普通に取り次ぐだろうな」

「そこだよ」

「そこって、どこだ？」

「どうして社員は、不審者だと思わなかったんだろう」

「そんなの本人に訊いてみなけりゃわからないだろう」

「だから、オグさんに詳しい事情を聞いてもらっているんだ」

「なんだか知らないが、細かなことにこだわるんだな……」

「それが刑事だ。おまえも、これからは刑事部の係長なんだから、そういうことを学んだほうがいい」

二人のやり取りを聞いていた天童が言った。

「ヒグっちゃん。氏家は心配ないよ。わざと絡んでいるだけだ。ヒグっちゃんが何にこだわっているか、ちゃんとわかっているはずだ」

氏家は苦笑じみた笑いを浮かべただけで、何も言わなかった。

さらに天童が言った。

「言われてみると、たしかに気になる。オグさんが戻るのを待つとするか……」

「はい」

その小椋が戻る前に、灰谷と荒木が特捜本部に姿を見せた。捜査員たちは冷ややかな眼を向けたが、二人はまったく気にしていないように見える。

捜査一課長と捜査二課長がそろっているのを見て、彼らは幹部席に向かった。

田端課長の眼差しも厳しい。

その様子を見て、天童が立ち上がった。課長たちのもとに向かう。樋口もそれにならった。

氏家と綿貫係長もついてきた。

天童たち四人を見て、灰谷が言った。

「あなたたちには用はありませんよ」

天童がこたえた。

「特捜本部内での会話は共有されませんと……」

灰谷は、それきり天童たちを無視するように、柴原課長に向かって言った。

「秋葉事務所から押収した寄付金の記録を渡していただきたいのですが……」

田端課長が、むっとした顔で灰谷を見る。柴原課長の表情は変わらない。

「困りましたね。これから二課で精査するのですが……」

「それを地検でやると言っているのです」

通常なら、何の問題もない要求だ。むしろ、捜査の手間が減って助かると感じるはずだ。だが、今回ばかりは事情が違う。

柴原課長は、あくまでも穏やかな口調で言う。

「それには及びませんよ。特捜本部の仕事です」

「我々も特捜本部に協力しているのです。二課に飛び火した仕事でしょう？　ならば、それを我々が肩代わりしようと言っているのです」

灰谷は何が何でも二課が押収した資料を巻き上げるつもりだ。柴原課長はどう突っぱねるだろう。場合によっては、助け船を出さなければならない。だが、どうやって援護すればいいのだろう。

樋口がそんなことを考えていると、田端課長が言った。

「刑事部長から、何か話がありませんでしたか？」

灰谷が田端課長の顔を見た。

14

灰谷が聞き返した。

「刑事部長が、私たちに……？」

田端課長がうなずく。

「ええ、そうです。何か話は……？」

「いいえ。何も言われていませんが……。刑事部長が何の用です？」

「それは、部長から直接聞いてください」

灰谷が荒木と顔を見合わせた。それから、田端課長に視線を戻すと、言った。

「そうですね。刑事部長が何か私たちに話があるというのなら、耳を傾けましょう。それと、二課にある資料は別の話でしょう。私たちに渡してください」

柴原課長が言った。

「資料は私たちが調べます。それまで待ってください」

荒木が柴原課長を睨んで言った。

「検察が資料を提出しろと言っているのに、警察官がそれに応じない。これは問題ですね。これじゃ、司法の秩序が保てない」

「よく言うよ……」

そうつぶやいたのは、氏家だった。

灰谷と荒木が同時に氏家のほうを見た。灰谷が言った。

「何です?」

氏家が言った。

「司法の秩序だって? どの口が言うんだと思いましてね」

灰谷が聞き返す。

「それはどういうことだ?」

「特捜本部と話がついていると嘘をついて、鑑識から映像データを取り上げたでしょう? 今度は二課から取り上げようって言うんですか?」

灰谷は平然と言い返した。

「検事にはその権限がある。何か文句があるのか?」

「言いたいことは山ほどありますがね。俺が言ったところで、屁でもないでしょう。だから、刑事部長が言うはずです」

灰谷は田端課長の顔を見た。

「刑事部長の話というのは、そのことですか?」

田端課長は苦い顔でうなずいた。

「そうです。映像データは大切な証拠です。それを我々から奪い取ったのです」

「人聞きが悪いですね。何度も言いますが、検事が警察に証拠の提出を要求するのは当然のことです」

「普通ならそうですがね……」

そう言ったのは、天童だった。「現在、私たちはあなたがたの指揮下にあるわけじゃない」

「直接指揮下にある必要はないんだ。いずれ、事案は検事のもとに送られるのだから……」

天童はひるまなかった。

「しかし、あなたがたはこの殺人事件の担当ではないのでしょう？　ならば、我々から資料を取り上げる権限はないはずです」

荒木が言う。

「何度言ったらわかるんだ。担当なんて、簡単に変えられるんだよ」

柴原課長が言った。

「つまり、現在担当ではないということを、お認めになるということですね？」

「え……？」

荒木は、驚いた顔で柴原を見た。柴原課長は淡々とした口調で、さらに言った。

「ならば、我々に何かを要求されるのなら、この事案を担当されてからにしてください」

荒木はいまいましげに柴原を見つめていた。やがて、彼は言った。

「そのときは、おまえたちのやりたいようにはやらせないぞ」

樋口は、この言葉を聞いて、すっかりあきれてしまった。荒木という検事は、意地になっている小学生と同じだ。それくらいの精神年齢しか持ち合わせていないのではないだろうか。

こんな連中が「巨悪に立ち向かう」と言っているのだ。何かひどく悪い冗談に思えた。面子《メンツ》が大切なのはわかる。それは警察官も同様だ。

しかし、面子には実力が伴っていなければならない。でなければ、ただの虚勢だ。

警視庁にはその実力がある。樋口は胸を張ってそう言える。だが、灰谷と荒木はどうなのだろう。

東京地検特捜部が全員彼らのようだとは思いたくなかった。

柴原課長が言った。

「資料をお渡ししないとは申しておりません。我々が調べるまで待っていただきたいと申し上げているのです。お待ちいただけませんか」

言葉は丁寧だが、有無を言わせないような響きがあった。

灰谷はしばらく柴原課長を見つめていたが、やがて言った。

「そう長くは待てませんよ」

そして、幹部席に背を向けると、出入り口に向かった。荒木が慌てた様子でそのあとを追った。

二人の後ろ姿を見ながら、氏家が吐き捨てるように言う。

「何だあれ……」

「氏家係長」

田端課長が言った。氏家は反射的に返事をする。

「はい」

「一言多かったぞ」

田端課長の言うとおりだと、樋口は思った。刑事部長が苦情を言う前に、その内容を灰谷たちに知られてしまった。

彼らは何か対策を講じてしまうかもしれない。

氏家もそれに気づいた様子だ。頭《こうべ》を垂れると言った。

「すいません。どうにも腹の虫がおさまらず、つい……」

「しかし、まあ……」

田端課長がさらに言った。「おかげで、二課の資料を奪われずに済んだのかもしれない」

柴原課長が言った。

「私もそう思いますね」

氏家は、もう一度ぺこりと頭を下げた。

柴原課長が携帯電話を取り出して言った。

「刑事部長に電話しておきましょう」

田端課長が驚いた顔で言った。

「部長にケータイですか」

「ええ。急を要しますので……。灰谷検事たちが何か手を打たないうちに、ちゃんと話をしてもらわないと……」

天童が管理官席に向かったので、樋口たち三人もそれに続いた。柴原課長と刑事部長の話の内容は聞かないほうがいいと、天童は判断したのだ。

だから、樋口も柴原課長が何を言ったのかを知ることはできなかった。

夕方の五時過ぎに、小椋とその相棒が戻ってきた。脅迫者捜査班の他のメンバーたちはまだ捜査を続けているようだ。

小椋たちはまっすぐに管理官席にやってきた。

小椋が樋口に向かって言った。

「社員から話を聞いてきたんですが……」

「オグさん……」

樋口は言った。「私にではなく、管理官に報告してください」

「あ、いけね……。つい、習慣で……」

小椋は天童に向き直った。「報告いたします」

「いいんだよ」

天童が言った。「ヒグっちゃんにしゃべったって、聞こえるからさ」

小椋はかしこまった様子で報告を始めた。

「『四つ葉ファイナンス』の従業員は、たった三人でしてね。秘書兼庶務の女性一人、あと二人は男性です。この三人ですべての仕事を回しているんです」

天童が質問した。

「一般人から金を集めて、それを運用し、利益を分配する。簡単に言うと、そういう会社だな？」

「ええ、そうですね。その運用については、ほぼ社長の相沢さんの独断で行われていたようです。まあ、天賦の才といいますか……」

『神風が吹く』と従業員が言っていたそうだが……」

「ああ、そんな話もありましたね。会社が傾いて、いよいよだめかというとき、必ず奇跡的に大当たりするものがあり、そのつど会社が持ち直したということです」

「現時点で会社の状態はどうだったんだ？」

「よくなかったようですね。従業員は、また『神風が吹く』のを期待していたようですね」

樋口は言った。

「両親に借金をしていたようですからね。おそらく、出資者たちへの配当というか分配金に困ったのでしょう。運用がうまくいっていなかったということなのでしょう」

天童が言った。

「そうだなあ……。このご時世だから、運用なんてそう、うまくはいかないだろう」

その言葉に対して綿貫係長が言った。

「いやあ、そうでもないんですよ。一般庶民の懐には金がありませんがね、株価は高水準だし、プロは先物なんかでそれなりに儲けているんですよ」

「そう言えば、『いざなぎ超え』なんて言われているな。だが、そんな実感はないな」

「銀行不況だと言われていますね」

綿貫係長が言う。「金があるところにはあるんですよ。昔、大企業は業績がよければ、どんどん設備投資や先行投資をしたんです。それを銀行が後押ししていました。バブル崩壊以来、銀行は貸し渋るようになり、さらに中小企業から貸し剝がしをやったんです。銀行の投資を期待できなくなった大企業は、せっせと内部留保を始める。金を持っていないと不安なんです。すると、設備投資や従業員給与に金が回らなくなり、世の中は不況と同じ状態になる……」

「へえ……」

天童が言った。「綿貫係長は、経済に明るいんだな」

「所轄に長くいるとね、いろいろなことに詳しくなりますよ。地域の中小企業の連中とも話をしますしね」

天童が考え込みながら言った。

「『四つ葉ファイナンス』だが、業績が悪いということは、投資者への分配もうまくいっていなかったのだろうな」

樋口は小椋に言った。

「それで、怨みを持った投資者がいたということですね。過去にクレームをつけてきた投資者なんかはいなかったのですか?」

「会社に来る電話のほとんどはそういう電話だそうです。それで、ですね。クレーム処理は社員も社長もなく全員で対応していたということなんです」

「なるほど、それで……」

樋口は言った。「脅迫者の電話を社長の相沢が受けることになったわけだな……」

小椋がうなずいた。

「ええ、日々電話の対応に追われていて、誰がどんな電話に出るかなんて、気にしていられなかったようですね」

樋口は尋ねた。

「その電話はすべて録音してあるんですね？」

「原則として六ヵ月間はデータを保管してあるということですが……」

「電話をかけてきた人物の身元もわかるということですか」

「ええ。たいていは、電話で顧客番号を入力することになっているらしいので……」

「脅迫者は、その番号を入力していなかったんですね？」

「そういう場合もあるそうです。新規の問い合わせの場合などは、当然まだ顧客番号がありませんので……」

樋口は言った。

「過去のクレームと、脅迫者の声紋を照合してみてはどうでしょう」

天童が樋口を見て言う。

「脅迫者が過去にクレームをつけていたかもしれないということか？」

「ええ。可能性はあるでしょう。その場合、顧客情報が確認できるでしょう」

「ダメ元だがやってみるか。鑑識で手に余るなら、ＳＳＢＣに応援を頼もう」

それを受けて、小椋が言った。

「『四つ葉ファイナンス』に、残っているすべての音声データを提供してくれるように要請してみます」

「頼む」

天童が言うと、小椋とその相棒は再び特捜本部を出ていった。

天童が樋口に言う。

「声紋照合は地道な作業だが、今のところ他に手がないしな……。案外近道かもしれない」

「突然、脅迫を思いつくということは、あまり考えられません。それ以前に、会社に質問やクレームの電話をしていた可能性は、かなり高いと思います」

すると、氏家が言った。

「何にしても、急がないとな……。地検特捜部のやつらは、何が何でも秋葉康一を挙げるつもりだ」

「そうだな」

樋口は言った。「次はどんな手で来るか……」

綿貫係長がしかめ面で言った。

「やつらを特捜本部から排除できませんかね……」

天童が溜め息をついて言う。

「なにせ、検事だからなあ……」

氏家が肩をすくめて言う。

「俺たち下っ端じゃ、どうしようもない。政治絡みの思惑が働いているんだろうからな」

樋口はその一言が、妙にひっかかった。

「政治絡みというのは、具体的には今回の衆議院議員選挙のことだな」

氏家がこたえた。

「そうだろうな。彼らはまず、俺たち二課に働きかけて、秋葉康一を選挙違反で挙げようとした。それがうまくいかないんで、この捜査本部に乗り込んできたんだ」

「彼らの目的は、秋葉康一の当選をナシにすることだ」

「逮捕したからといって、選挙結果をナシにはできないぞ」

「議員辞職すれば、選挙の結果が覆る。そうなれば、次点の与党候補が繰り上げ当選だ。それが狙いなんだろう」

綿貫係長が言った。

「あの二人だけの考えとは思えないですね」

氏家が言う。

「衆議院議員の政治生命を葬ろうというんだ。そりゃあ、検事二人だけの思惑じゃないさ。おそらく東京地検特捜部全体で動いているはずだ」

天童が言った。

「だとしたら、大問題だぞ。地検特捜部が特定の政党の利益のために、恣意的に議員を犯罪者に仕立てようとしている」

綿貫係長が言った。

「表沙汰になったら、大問題ですね。だけど、普通そうはならないでしょう」

天童が綿貫係長を見た。

「表沙汰になろうがなるまいが、大問題だよ。特定の政党が司法システムを操れるということだからな」

綿貫係長が言った。

「もしかしたら、そんな大げさな話じゃなくて、灰谷と荒木が、政治家の誰かに抱き込まれているだけなのかもしれない」

天童が苦い表情になる。

「いずれにしろ、私たちにはどうすることもできない」

「そうですかね」

そう言ったのは、氏家だった。天童は彼を見て言った。

「何とかできると言うのか？」

「特捜検事といったって、俺たちとはそう違わないでしょう。公務員なんですからね。だったら、処分を怖がるはずだ」

天童がうなずく。

「たしかに、公務員にとって一番恐ろしいのは処分かもしれない」

「だったら、俺たちにもやりようはあるでしょう」

樋口は驚いて言った。

「やりようってのは、どういうことだ。特捜検事と事を構えるということか？」

氏家がこたえる。

「場合によっては、そうなるかもしれない」

「俺たちみたいな下っ端に勝ち目はないぞ」

「係長が下っ端かどうか、議論が分かれるところだが、とにかく、特捜検事だって万能じゃない」

「そりゃそうだが……」

「俺が調べてみようか？」

「調べる？　何を……」

「灰谷たちと、与党の関係」

樋口と天童は顔を見合わせた。それから、樋口は言った。

「そんなことをやっているときか。一刻も早く殺人事件を解決しなければならないんだ」

「もともと俺は選挙係だ。ただの助っ人なんだよ。俺一人が、こっそり灰谷たちのことを調べていたって、問題はないだろう」

天童が言った。

「問題がないわけではない」

「特捜本部に迷惑はかけません」

「そういう問題ではない」

「では、何が問題なんです？」

天童は肩をすくめた。その仕草がなんだか氏家っぽいと、樋口は感じていた。

「そうだな……。あらためてそう訊かれると、何が問題なのかわからなくなってくる……。よし、いいだろう。氏家は、灰谷たちと東京五区の与党推薦候補の関係を調べてくれ」

「りょーーーかい」

氏家は間延びした返事をすると、立ち上がった。

樋口は驚いて尋ねた。

「すぐに出かけるのか？」

「善は急げって言うだろう。ついでに、外で夕飯を食おうと思う」

氏家はのんびりとした足取りで、出入り口に向かった。その後ろ姿を見ながら、樋口は思っていた。

俺は、灰谷たちのことなど気にせずに、殺人の捜査に集中しなければならない。

その一方で、絶対に灰谷たちから秋葉康一を守らなければならないと思っているのも事実だった。

15

午後七時になり、管理官席に残っている天童や綿貫が夕食の弁当を広げはじめた。

樋口も夕食にしようかと思った。食事の前に、自宅に電話をしておこうと、席を立った。

「あら、どうしたの？」

携帯電話の向こうで、妻の恵子が言った。

「今日も帰れない。いちおう連絡しておこうと思ってな。変わりはないか」

「何もないわよ」

「そうか」

「また照美が妙なことを言いだしてるけど……」

「妙なこと？　何だ？」

「秋葉康一のところで、ボランティアをやりたいって……」

「それは、別に変なことじゃないだろう」

「ついこの間まで、政治なんてまったく興味を持っていなかったのよ。今回の選挙だって、直前まで棄権するつもりだったんだから……」

恵子の話を聞きながら、「選挙を棄権する」という言い方をするのは、ひょっとすると我々の世代が最後なのではないかと思った。

根拠はないが、選挙を「権利」だと認識している人が少なくなってきているような気がする。選挙に行かないのはその「権利」を「放棄」することだから、「棄権」なのだ。

「たしかに、照美の振れ幅の大きさには驚くな。だが、ボランティアはいい経験になるだろう」

樋口は若い頃にボランティアなどやったことはなかった。意義のあることだし、立派なことだと思っていたが、積極的に参加する気になれなかったのだ。

何に対しても引っ込み思案だった。今でもそれは、あまり変わってはいないと、自分では思う。基本的な性格は、どんなに経験を積んでも、年を取っても変わらない。ただ、物事への対処の仕方を学ぶだけだ。

「もう学生じゃないのよ」

恵子が言った。「就職してからずっと、仕事がたいへんだって文句ばっかり言ってたのに……」

そうだった。照美はもう学生ではないのだ。

「そもそもボランティアなんて無理だろう」

「私もそう言ったんだけどね。いろいろな参加方法があるみたいよ。休日だけとか……。仕事を持ちながら、ボランティアをやっている人はいくらでもいるって、照美は言うのよ」

「ちょっと待て。秋葉康一のところで、と言ったか？」

「そうよ」

「それはちょっとまずい。いや、かなりまずいかもしれない」

「だから、私は賛成しているわけじゃないと言ってるでしょう」

「いや、ボランティア自体は悪いことじゃないと思っている。時間と体力が許すならやってもいいだろう。だが、秋葉康一のところはまずいんだ」

「どうして？」

「それは話せないんだ」

「え？　捜査情報なの？」

「そういう質問にもこたえられない」

「否定しないのね」

「記者みたいなことを言うな。照美は帰っているのか？」

「まだだけど、もうじき戻るはずよ」

「わかった。また連絡する」

樋口は電話を切ると、管理官席に戻り、天童に言った。

「すいません。ちょっと抜けていいですか？」

「どうした？」

「一度自宅に帰りたいんです。すぐに戻ってきます」

「何があった？」

「いえ……」

樋口はごまかそうかと思ったが、考え直した。どんな細かなことも、天童に報告しておいたほうがいい。

ホウレンソウ、つまり報告・連絡・相談はどんな場合でも例外なく重要なのだ。

「実は、照美が、秋葉康一のところでボランティアをやりたいと言っているらしく……」

天童が、溜め息をついた。

「ボランティアとは、奇特なことだが、このタイミングで秋葉康一というのはまずいな……」

「私もそう思いまして……」

「それで、照美ちゃんと話をしようということか？」

「はい」

「わかった。行ってくれ」

「できるだけ早く戻ります」

「そうしてくれ」

綿貫係長が何事かという顔で樋口と天童のやり取りを見つめているが、今は説明している余裕がない。あとは天童に任せようと思い、樋口はいったん帰宅することにした。

北沢署を出ると、樋口は再び恵子に電話をした。

「これから帰る」

「え？　特捜本部は？」

「ちょっと抜ける」

「そんな……。話をするのは、事件が解決してからでいいのに……」

「そうはいかないんだ」

「そう……。で、食事は？」

「うちで食べたい」

「わかった」

樋口は電話を切ると、駅に急いだ。


自宅に着いたのは、午後八時を回った頃だった。

「照美は？」

「部屋にいる」

「時間がないから、食事をしながら話をする。呼んできてくれないか」

樋口がダイニングテーブルで待っていると、部屋着姿の照美がやってきた。

「なあに？」

「まあ、座ってくれ」

照美が椅子に腰を下ろす。恵子は台所に行って食事の用意を始めた。

「秋葉康一のところでボランティアをやりたいと言っているそうだな？」

「それが？」

「政治に興味を持つのはいいことだと思うし、積極的にそれに関わろうとするのもいいことだと思う」

「だったら、問題ないわね」

「実は、秋葉康一というのが問題なんだ」

「なんで？」

恵子がダイニングテーブルに食器を並べはじめた。自分の分だけを用意するものと思っていたが、恵子が三人分の食器を並べたので、樋口は驚いた。

「二人とも、食事はまだだったのか？」

恵子が言った。

「せっかくだから、いっしょに食べようと思って。たまには家族そろって食事もいいでしょう」

「ああ、そうだな」

照美が樋口に言った。

「ねえ、どうして秋葉康一が問題なの？」

「本来は、それを話すことはできないんだが、それだと、おまえは納得しないだろう」

「もちろん、納得できない」

「誰かに話したことがわかれば、父さんはクビになるかもしれない。あるいは、どこかの駐在所に飛ばされるか……。相手が家族でも、だ。だから、決して口外しないでほしい」

照美が真剣な表情になった。

「捜査情報ってことね」

「そうだ」

「秋葉さんが何かの犯罪に関わっている、ということ？」

「そうではないと、父さんは考えている。ただ、そう主張している人たちがいて、特捜本部は秋葉康一についても捜査しなければならない。父さんは、特捜本部の一員だ。その娘が捜査対象者のもとでボランティアをしているというのは、望ましいことじゃない」

「お父さんの仕事と私の生活は、関係ないじゃない」

「そうかもしれない。だが、考えてみてくれ。捜査をしている最中に家族が接近したら、父さんがおまえを送り込んだと言いだすやつがいるかもしれない」

「なにそれ。そんなの、言わせておけばいいじゃない。事実じゃないんだから」

「世の中は、潔白でも信じてもらえないことがある。だから、李下に冠を正さず、なんだ」

「リカに何……？」

大学まで出て、これくらいの諺《ことわざ》も知らないのか……。

樋口は、半ばあきれながら説明した。

「瓜田《かでん》に履《くつ》を納れず、李下に冠を正さず。疑われるようなことはしないように気をつける、ということだ」

食事の用意が整い、食べはじめたが、照美との話に気を取られ、味がよくわからない。

照美が言う。

「人の思惑なんて、どうだっていいでしょう？」

学生はこういう物言いをしたがる。他人の顔色をうかがって生きるのはばかばかしい、と……。

だが、社会というのは、多くの人の思惑の総和として成立しているのだ。それが骨身に染みてわかるのは、社会に出て苦労を重ねた後のことなのだろう。

そういうことを実感していない若者に、何を説明しても無駄だという気がする。それで、樋口は考え込んでしまった。

すると、恵子が言った。

「これは、お父さんが言いにくいことだろうから、母さんから言うとね、捜査対象者に照美が近づくことで、お父さんは捜査から外されてしまうかもしれない。悪くすれば、処分を食らうかもしれない」

照美が驚いた顔で言う。

「どうして処分なんか……」

樋口は説明した。

「捜査というのは、それくらいに細心の注意を必要とするんだ。わずかな不注意から、逮捕できるはずのものが、できなくなったりする」

照美が不安そうな表情になってきた。

「お父さんは、秋葉さんが犯罪に関わっているわけじゃないと思っているのよね」

「そうだ」

「だったら、私がボランティアをやることに問題はないんじゃない？」

「捜査中なんだ。まだ疑いが晴れたわけじゃないので、近づくのはひかえてほしい」

照美が興味深そうな顔をした。

「どんな犯罪なのか、教えてはくれないわよね……」

「それを話したら、本当に父さんのクビが飛ぶ」

すでに話してはいけないことを話してしまっている。とはいえ、一線を越えるわけにはいかない。

「ふうん……」

照美はそう言ったきり、黙々と食事を続けた。

言うべきことは言ったと、樋口は思った。今、照美は考えているのだ。だから、次の発言を待てばいい。

そう思い、樋口も食べつづけた。そして、ふと思った。今夜は捜査本部の弁当でなくて、本当によかった。

弁当に不満があるわけではない。だが、やはり温かい食事にはかなわない。いや、ただ温かいだけではない。家族といっしょに食事をしているということが重要なのだと、樋口は思った。

「やめろと言ってるわけじゃないのよね」

照美の言葉に、樋口はこたえた。

「もちろんだ。繰り返すが、ボランティアというのはとてもいいことだと思っている。秋葉康一のところでのボランティアは、今は時期が悪いと言っているだけだ」

「秋葉さんの疑いが晴れれば、何の問題もないのよね」

「何の問題もない」

「いつまで待てばいいの？」

「それはまだわからない」

そして樋口は付け加えた。「そう長くはかからないと思う」

それは実感だった。根拠があるわけではない。だが、捜査の流れを見ているとわかる。もうじき新たな被疑者が現れる。

「じゃあ、それを待つことにする」

樋口はほっとした。

とたんに、夕食の味と香りを感じた。


食事を終えると、樋口は恵子に言った。

「じゃあ、特捜本部に戻る」

「いってらっしゃい」

そのやり取りを聞いた照美が目を丸くした。

「え、戻るの？」

樋口はこたえた。

「事件は解決していないからな」

「食事をするためだけに戻ってきたの？」

それを聞いた恵子が言った。

「照美と話をするために戻ってきたのよ。晩ご飯はついで」

照美が樋口に言った。

「電話かメールで済むじゃない」

「直接話さなきゃならないと思ったんだ。こちらの事情をちゃんと説明する必要があった」

照美が何か言いたそうな顔で、樋口を見ていた。

樋口は言った。

「じゃあ、行ってくる」

そして、自宅マンションを出た。


午後十時頃には、特捜本部に戻ることができた。樋口は、何やら本部内があわただしいのに気づいた。

幹部席には誰もいない。

管理官席には、いつもの三人が顔をそろえていた。氏家も戻ってきていたのだ。

樋口は天童に尋ねた。

「何かありましたか？」

「秋葉康一が来てるんだよ」

「え……？」

樋口は、一瞬何を言われたのか理解できなかった。

つい今しがた、照美と秋葉康一の話をしてきたばかりだ。その本人が特捜本部に来ていると いうのは、何というタイミングだろう。

だが、これは偶然ではない、と樋口は思った。

それだけ、捜査の機が熟してきているということだ。

「本当に、衆議院議員の秋葉康一なんですか？」

樋口の問いに、天童がこたえた。

「ああ、そうだよ」

氏家がにやにや笑いながら、樋口に言った。

「そう言いたくなるのはわかるよ。俺も最初、彼が来たと聞いたときは、何のことかと思ったよ」

天童が説明した。

「今、二人の課長が対応している。部長も署長もいないのでな……」

「それで……」

樋口は尋ねた。「何の用なのです？」

「決まっているだろう。秘書の亀田を引っ張ったことについて、事情を聞きに来たんだ」

「事情を聞きに……？」

「つまりさ」

氏家が言った。「文句を言いに来たということだよ。秘書の扱いも雑だったんだろう？　選挙違反の疑いとか言ってガサを入れてるしな。頭に来て、やってきたということだろう」

樋口は驚いた。

「議員本人が、か？」

「秋葉康一はそういう男なんだよ。思い立ったら実行せずにはいられない」

氏家は皮肉で言ったのかもしれないが、皮肉には聞こえなかった。

実際、秋葉康一はそういう男だという世間の評判だ。それに期待する人々も多い。

「しかし……」

樋口は言った。「秘書が引っ張られたといって、警察に乗り込んで来た議員なんて、前代未聞だ。記者たちの恰好《かっこう》の餌食じゃないか」

それに対して、綿貫係長が言った。

「もう気づいている記者はいるはずです。たぶん帰りには、議員は質問攻めにあうんじゃないですか」

樋口はさらに言った。

「そうなれば、さらに痛くもない腹を探られることになる。そんなリスクを冒してまで警察に来るなんて、ちょっと信じられないな……」

氏家が言う。

「だからさ。秋葉は直情型なんだよ。かっと頭に血が上ったら、後先考えずに行動してしまう」

樋口は氏家に尋ねた。

「おまえは、秋葉康一が嫌いなのか？」

「いや、気に入ってるんだ。そういう政治家は面白いだろう」

「かっとして乗り込んできたわけじゃないと思うがな……」

そこに田端課長と柴原課長が戻ってきた。二人とも、難しい顔をしている。

天童以下管理官席の四人は、幹部席に歩み寄った。

天童が田端課長に尋ねる。

「どうなりました？」

「俺たちじゃ話にならないということだ」

「もっと上の人を呼べということですか？」

「逆だよ」

「逆と言いますと……？」

「何が起きているのかリアルに知っている現場の者と話がしたいと言っている」

田端課長はそう言って、四人の顔を見回した。誰かに行かせようと考えているのだろう。

現場の責任者となれば、天童だろう。樋口がそう思っていると、田端課長が言った。

「ヒグっちゃん、行ってくれるか」

樋口は驚いた。

「自分が、ですか……」

「そうだ。秘書が特捜検事たちから事情聴取を受けたとき、同席していただろう。事情をよく知っているはずだ」

ここで、ああだこうだ言っても、田端課長の判断がひっくり返りはしない。樋口はそう思い、言った。

「わかりました。議員はどこにおいでですか？」

「一階の応接室だ。部屋の前に記者が集まっているから、気をつけてくれ」

「了解しました」

樋口はただちに、応接室に向かった。

16

応接室のソファに座っているのは、間違いなくテレビなどで見かけた顔だった。樋口は、秋葉康一に言った。

「警視庁捜査一課の樋口と申します」

秋葉康一は、座ったまま言った。

「秋葉です」

その眼差しは厳しい。警察のやり方に対して怒っているのは明らかだった。

「ご用件をうかがいます」

「課長たちに言いました。どうして、二度も三度も同じことをしゃべらなければならないのですか」

「伝言ゲームによる誤情報を避けるために、警察ではできる限り当事者から直接話を聞くようにしています。ですから、捜査において事情を聞く場合も、何度も同じ質問をせざるを得ないことがあります」

秋葉康一は、相当に苛立った様子だった。

「わかった、わかった。そんな説明はたくさんだ。ちゃんと説明してほしいから、ここに来たんだ」

「秘書の亀田さんの件ですか?」

「そうだ。どうして身柄を拘束されて、犯人扱いされなければならなかったのか、ちゃんと説明してもらいますよ」

「犯人扱いした覚えはありません」

「殺人の容疑がかかっていると言ったそうじゃないか」

荒木が言ったことだ。まったく、余計なことを言ったものだと、樋口は思った。

「捜査にたずさわる者は、心理作戦としてカマを掛けたり、事実と違うことを故意に言ったりすることがあります。殺人の容疑云々《うんぬん》に関しては、申し訳ないことを申し上げたと思います」

「そんなことで、ごまかされたりはしない」

「別にごまかすつもりはありません」

「相沢が殺された件なんだな?」

「はい。それに関連して、亀田さんに事情をうかがおうと……」

「私と相沢は、大学時代からの親友だった」

「存じております」

「ならば、彼の死で私がどんな気持ちか理解してくれてもいいだろう」

「はい」

樋口はただ、そうこたえた。

理解していると言いたくはなかった。本当に、彼の気持ちがわかっているとは思えなかったからだ。

親しい友人が亡くなった。しかも、殺人事件だ。想像したからといって、当事者の気持ちがわかるわけではない。

樋口はなぜかそのとき、相沢の両親のことを思い出していた。横須賀からの列車の中で、ほとんど口をきかなかった老夫婦。

「あんたたちは、亀田が相沢を殺したと考えているようだな。何をどう曲解すればそんなことになるんだ？」

「ですから、私たちはそのようなことを考えているわけではないんです」

「根拠としているのは、相沢の家の近くにある防犯カメラの映像らしいな。たまたまそのカメラに亀田が映っていたとか……。それで、亀田を犯人扱いか」

自分たちはそう考えてはいない。いくらそう説明しても、秋葉は納得しそうにない。亀田の身柄を取って、まるで被疑者のような扱いをしたのは事実なのだ。

事情を説明しろと言われた。だが、説明しても秋葉は聞き入れようとはしない。ならば、俺はなぜここにいるのだろう。

樋口は自問した。

田端課長は、俺に何を期待してここに送り込んだのか。

現場を知っている者と話をしたいと、秋葉は言ったらしい。彼は、捜査の現場で何が起きているのかを知りたいのだろう。

ならば、それを話さない限り、納得はしてもらえない。樋口はそう思った。

秋葉が言った。

「どうした。黙っていても始まらないだろう。それとも何か？　黙秘する被疑者の真似でもしようというのか？」

樋口は言った。

「現場のことがお知りになりたいとおっしゃったそうですね？」

「ああ、そうだ」

「ならば、お話しします。しかし、おそらくあなたがお聞きになりたいのとは、かなり違った内容になるかもしれません」

「私が聞きたい内容が何であるか、そちらにはわからないはずだ。だから、本当のことを話せばいいんだ」

樋口は腹をくくった。

「亀田さんの身柄を押さえたのは、東京地検特捜部の検事たちです」

秋葉は、ふと怪訝そうな顔をした。

樋口はかまわず続けることにした。もう後には退《ひ》けない。

「防犯カメラの映像を見つけたのも、その検事たちです。彼らは、亀田さんの映像を元に、ストーリーを作り上げました。つまり、あなたに命じられた亀田さんが、相沢さんを殺害した、というストーリーです」

「検事だろうが、あんたら刑事だろうが、同じことだろう。刑事が捜査をして送検し、検事が起訴する。そういう流れなんだろう？」

「通常なら、おっしゃるとおりです」

「通常なら？」

「今、我々特捜本部では、通常とは違ったことが起きつつあります」

「待て。またごまかそうとしているな。検事がやったことは、自分たちには関係ないとでも言うつもりか？　そんな言い草が通ると思っているのか。亀田は、ここに連れて来られた。この北沢署に、だ。そして、ここには特捜本部がある」

「それが特捜検事たちの狙いでもあります」

「狙い？　どういうことだ？」

「つまり、亀田さんの身柄を取ったのが、あたかも特捜本部であったような印象を世間に与える狙いです」

「ばかばかしい。何のために検事がそんなことを……」

「彼らは、今回の殺人事件の担当ではないからです。それを指摘されたときの逃げ道として、特捜本部を利用したのです」

「あんたの言っていることは理解できない。まるで、あんたら刑事と検事が対立しているように聞こえるじゃないか」

「そう思っていただいてけっこうです」

秋葉はかぶりを振った。

「そんな荒唐無稽な話を信じるわけにはいかない。弁護士と検事が対立するというのならわかる。だが、刑事と検事が対立するはずがない」

「ですから、通常とは違ったことが起きているのです」

「こちらの追及をかわすために、あり得ない話をでっち上げてるんじゃないのかね」

「それなら、もっと、ましな話にします」

秋葉はふと考え込んだ。

「それもそうかもしれない。じゃあ、訊くが、どうして刑事と検事が対立するようなことになったんだ？」

「特捜検事が、捜査に横槍を入れてきたからです」

「それがそもそもおかしな話じゃないか。検事が捜査に口出しするのは、むしろ普通のことなんじゃないのか」

「もし担当検事が、殺人事件を解決しようとして何かを指示、あるいは示唆するのなら、捜査員は耳を傾けます。送検後は、検事の指揮下で動くこともあります。しかし、今回は、事情が違います」

「どう違うんだ？」

「特捜検事の目的は、殺人事件の解決ではないのです」

秋葉は、ますます思案顔になった。

「それもにわかには信じられない話だな。刑事も検事も、事件の解決を望んでいるのではないのか」

「亀田さんの身柄を押さえた特捜検事は、殺人事件の起きる前から、捜査二課に接触していました」

秋葉は何も言わず、樋口の話を聞いている。樋口は続けて言った。

「捜査二課の中には、選挙違反を取り締まる係があります。特捜検事から相談を受けた捜査二課長は、選挙係に指示して、選挙違反の捜査を行いました」

秋葉が眉をひそめた。

「私の事務所に家宅捜索が入った。そのことを言っているのか?」

「私は今、かなり危険な領域の話をしています。でなければ、先生が納得されないだろうと思うからです」

「先生はやめてくれ」

「政治家の方はそのように呼ぶようにしています」

「じゃあ、私は例外にしてくれ。危険な領域と言ったな? 何がどういうふうに危険なんだ?」

「万が一、この事実がマスコミに洩れたら、ちょっとした騒ぎになるでしょう。そうなれば、話した私は無事では済みません。公務員が余計なことを言うと、すぐに処分されてしまいます」

「警察や検察にとって危険だということだな。つまり、私にとっては危険でも何でもないということだ」

「ええ、そういうことですね。しかし、私にしてみれば、まるで陰腹を切っているような気分です」

「私がマスコミにリークしようものなら、あんたはクビになるということだな」

「おそらくそういうことになりますね」

「その検事たちが、捜査二課と接触をした目的は何なんだ？」

「それはわかりません」

秋葉がしばらく考えた後に言った。

「その特捜検事たちが捜査二課と接触をした後、私は選挙違反の疑いで手入れを受けた。そして、同じ検事たちが殺人の特捜本部を利用して、私の秘書に殺人の実行犯の疑いをかけようとしている。そういうことだな？」

「私は、その質問にこたえることはできません。私が知っている事実は、特捜検事たちが二課と接触をしたということ。そして、亀田さんの身柄を押さえて、事情聴取をしたということだけです」

「今さら慎重にならなくてもいいじゃないか」

「いえ、何が事実で、何が憶測なのか、はっきりさせておかなければなりません」

「憶測か……。じゃあ、あんたの憶測を聞かせてくれ。その検事たちは、何をしようとしているんだ？」

樋口は迷った末に、それを話すことにした。秋葉が言ったとおり、「今さら」ごまかそうとしても仕方がない。

俺は、秋葉が納得する話をするためにここに来たのだ。

樋口は次の発言のために、自分をそう鼓舞しなければならなかった。

「あなたの失脚を狙っているのかもしれません」

「私の失脚……？」

「これはあくまで、私の想像ですが、あなたが衆議院議員を辞めれば、次点の候補者が繰り上げ当選ということになります」

「検事がなんでそんなことを画策するんだ？」

「それは私にもわかりません」

「冗談じゃない。司法が立法府に手を出すということじゃないか。そんなことが許されるはずがない」

「もし、東京地検特捜部、あるいは地検の組織ぐるみの目論見だとしたら、これは大問題です」

「日本の国を揺るがす大問題だよ。私も議員として見過ごすわけにはいかない」

「組織ぐるみかどうか、わからないのです」

「検事たちを問い詰めればいいじゃないか」

「話すとは思えません。もし、彼らがあなたの失脚を狙っているとしたら、それは確信犯でしようからね」

「だが、追及すべきだ」

「申し上げたはずです。これはあくまで、私の想像に過ぎないのです」

「選挙違反だの殺人の実行犯だのと、疑いをかけられる俺たちの身にもなってくれ」

いつの間にか、秋葉の自称が「私」から「俺」になっている。口調からもとげとげしさが消えていた。

自分と秋葉の関係が、最悪な状態ではなくなったと、樋口は感じていた。

「私個人としては、検事たちを特捜本部から追い出すべきだと思っています。しかし、なにせ相手は検事ですから、そう簡単ではありません」

「よこしまなことをしているやつらは、排除すればいい。単純なことじゃないか」

「機構上、なかなか難しいのです。それに……」

「それに？」

「検事たちが、誰の思惑で動いているのかわからないのです。本人たちの意思なのか、あるいはもっと上からの指示なのか……」

「地検特捜部が、かなり恣意的にターゲットを選んでいるのではないかという批判は、以前からあったな……。もっと言えば、政治的な意図が見え隠れすることもあった……」

「その点については、私は何も申せません」

「あんたは、正直な人だという気がしてきていたんだがな……」

「正直なのと、うかつなのは違います。私はもう充分、話すべきではないことまで話したと思います」

「それで……？」

秋葉が尋ねた。「特捜本部の刑事たちは、検事たちが間違っていることをしていると知っていながら、彼らを排除することもできず、言いなりになっているということか？」

「いつまでも言いなりになっているわけではありません」

「具体的にはどうするつもりだ？」

「それについては、捜査上の秘密にも触れることになりますので、お話しするわけにはいきません」

秋葉が大きく息をついた。

「警察の秘密主義にはうんざりだな……」

「我々が捜査情報等を秘密にするのは、理由があってのことです」

「わかっている。検事たちは、俺が亀田に命じて、相沢を殺させたというストーリーを考えていると言ったな？」

「それも憶測ですが……」

「そして、いつまでも検事たちの言いなりにはなっていないと言ったな」

「はい」

「じゃあ、早いところ、そのばかげたストーリーをぶっつぶしてくれ」

樋口はうなずいた。

「わかりました。お約束します」

秋葉が意外そうな顔で言った。

「そんなことを断言していいのか？」

「断言すべきだと思います。でなければ、日本の司法制度が壊れてしまいます」

秋葉はしばらく樋口の顔を見ていた。やがて、彼は言った。

「それが聞ければ、もう言うことはない。俺は引きあげることにする」

「待ってください。せっかくですので、こちらからうかがいたいこともあります」

「何だ？」

「相沢さんとは、最近も親しくされていたのですか？」

秋葉は驚いた顔で言った。

「なんだ、事情聴取か？」

「ええ。こういう機会を逃したくはありません」

「もちろん相沢とは親しくしていた。まあ、お互いに忙しいので、そんなに会うこともなかったし、特に連絡も取り合っていなかったが、相沢は俺を応援してくれていたし……」

「そんなに会うこともなかった……」

「そう。大学時代の友人なんて、そんなもんじゃないか。でも、俺たちの気持ちは通じ合っていたよ」

「金銭的な支援も受けていたのですね？」

「相沢個人からの寄付金をもらっていた。それは、調べてもらえればわかる」

捜査二課が精査していることは、ここで言う必要はないと思った。

「相沢さんとの間で、トラブルはなかったのですね？」

「トラブルなんてないよ。誰に聞いてもそうこたえるはずだ」

「相沢さんを殺害した人物に、心当たりはありませんか？」

秋葉はかぶりを振った。

「ないな。俺なりにいろいろと考えたんだ。病気や事故じゃなくて、殺されたというのが衝撃だったからな。だが、まったく心当たりはなかった」

質問に対して、秋葉は嘘は言っていないと、樋口は判断した。

「わかりました。質問は以上です」

秋葉はうなずいてから立ち上がった。樋口も立ち上がった。

秋葉は出入り口で立ち止まり、振り向いて言った。

「課長たちの後に来てくれたのが、あんたでよかったよ」

どういう意味だろうと考えながら樋口が言った。

「連絡先をうかがっておきましょう」

「わかった。そちらの連絡先も教えてくれ」

二人は携帯電話の番号を教え合った。

樋口は言った。

「今度、娘があなたのところでボランティアをしたいと申しておりました」

秋葉が初めて笑顔を見せた。

「樋口さんだったね。覚えておくよ」

秋葉が出ていった。

その戸口を見つめながら樋口は、最後の一言は余計だったかもしれないと思っていた。

17

特捜本部に樋口が戻ると、待ち構えていた田端課長が幹部席に呼んだ。田端課長の隣には、柴原課長もいる。

樋口が課長たちの前に行くと、天童、氏家、綿貫もやってきた。

田端課長が尋ねた。

「どうなった？」

樋口はこたえた。

「事情を説明して、お引き取りいただきました」

「やれやれ、帰ったか……。いや、さすがにヒグっちゃんだ。それで、どんな話をしたんだ？」

ここで隠し事をすると、後々面倒なことになりかねない。樋口はありのままに話すことにした。

「東京地検特捜部が絵を描いているらしいことを告げました」

田端課長の表情が険しくなった。

「何だって……？　議員にそんなことを……？」

「秋葉議員もばかではありません。本当のことが知りたいと、わざわざ警察に乗り込んできたのです。中途半端なことを伝えても、納得してもらえないと思いました」

「未確認情報だぞ。地検特捜部のあの二人が何を目的としているのか、まだはっきりしないんだ」

「秋葉議員を辞職させ、次点だった保守系の候補を繰り上げ当選させたいのでしょう」

「確認が取れるまで、それを表の人間に知られてはならない」

「黙っていたら、秋葉議員は決して納得しなかったでしょう」

「しかしな……」

田端課長が言う。「未確認情報だからなあ……。藪蛇にならないといいが……」

田端課長が言いたいことはわかる。だが、樋口にしてみれば、他にやりようはなかったのだ。

天童が言った。

「藪蛇って……。例えば、どういうことですか？」

田端課長が言った。

「秋葉議員が、今度は東京地検に文句を言いに行くとか……」

氏家がつぶやくように言う。

「それ、やってくれたら、灰谷たちが特捜本部に来なくなるかもしれない……」

それに対して、柴原課長が言った。

「どうでしょうね。あの二人は、苦情を言われたりすると、むきになるタイプのようですね」

天童が言った。

「そうですねえ……。この殺人が起きる前から、秋葉議員をターゲットにしていたんですよね。だったら、簡単には引き下がらないでしょうね」

「しかし……」

田端課長が思案顔で言った。「秋葉議員を辞職させようなんて、いったい誰の思惑だろう。下っ端検事が考えることじゃないと思うが……」

樋口は言った。

「もし、地検の組織ぐるみの目論見だとしたら、国を揺るがす大問題だと、秋葉議員はおっしゃっていました。議員として見過ごすわけにはいかない、と……」

「どんどん問題が大きくなっていくな……」

田端課長が言った。「このへんで、ストップをかけないと、とんでもないことになる」

天童が言った。

「地検特捜部の二人が、次の手を打ってくる前に、被疑者を挙げることですね」

田端課長が言う。

「それが何よりだが、進展はあるのか？」

「相沢を脅迫した男について、音声を入手して解析を急いでおります」

「何とかして身元を洗い出したいな……。他に手がかりは？」

「残念ながら、今のところは……」

「『四つ葉ファイナンス』で大損させられた顧客という線だよな」

「ええ。しかし、そういう顧客の資料を入手するのは困難でして……。個人情報を提供することになりますので、『四つ葉ファイナンス』が難色を示しています」

これは、樋口も初耳だった。殺人の捜査だからといって、無条件に協力してもらえると思ったら大間違い、ということか……。

田端課長が言う。

「やりにくい世の中になったもんだ。令状を取ればいいんだな？」

「顧客情報をすべて公開しろ、などという令状を裁判所が発行するとも思えません。ある程度対象を絞りませんと……」

「頼りは、脅迫者の声だけ、というわけか……」

樋口は天童に尋ねた。

「脅迫者の声と、過去のクレーム電話の声を照合するということでしたが、それは進んでいるのですね？」

「実は同じ理由で、クレーム電話の音声データも、まだ入手できていないんだ」

樋口は一瞬、啞然《あぜん》とした。

「脅迫者の声を入手したところで、それと照合するものがなければ、何の意味もありませんね」

「手をこまねいているわけじゃない」

天童が苛立たしげに言った。「オグさんが、必死に『四つ葉ファイナンス』を説得している」

田端課長が天童に尋ねた。

「今のところ、手がかりは、その脅迫電話の音声だけなんだな？」

「そうですね……」

「その音声を、他の音声と照合しなければ、意味がないということだ」

「はい」

「そして、動機を明らかにするためにも、『四つ葉ファイナンス』で大きな損失を出した者を洗い出したいんだな？」

「そうですが……」

田端課長はうなずいてから、さらに言った。

「じゃあ、令状を申請しよう。裁判所がうんと言わなければ、俺が直々に説得に行く」

「課長が……」

「俺だって、それくらいの役には立つぜ」

そのとき、柴原課長が言った。

「私は、強行犯事案は専門ではないので、こんなことを言うのはナンですが……。本当にその脅迫者が犯人なんでしょうか。脅迫電話を寄こしたというだけでは、根拠にならないように思いますが……」

天童がこたえた。

「電話で『殺す』と言っているのです。それは無視できません」

「もちろん、そうでしょうが、それでも被疑者と考えるには無理があるように感じます」

しばらく沈黙があった。たしかに、現時点では、その脅迫者が被疑者であると断定することはできない。

田端課長以下、そのことは嫌というほどわかっているのだ。

樋口は言った。

「私は、現場で、犯人の強い憎しみを感じました」

柴原課長が樋口を見た。彼だけではなかった。その他の者たちも樋口に注目していた。

柴原課長が聞き返す。

「強い憎しみ……?」

「はい。被害者の遺体を一目見たときに、まず、犯人の強い憎しみを感じたのです。犯人は、明らかに被害者を憎み、怒っていました。だから、地検特捜部の二人の言うことには、ずっと違和感がつきまとっていたのです」

「なるほど……。政治資金規正法違反を問われることを恐れた秋葉が、相沢を殺害したと、灰谷たちは言っていたわけだが、それだと、被害者を憎んでいたということにはならないな」

「秋葉議員が、亀田に相沢さんを殺害させたのだとしたら、なおさらです」

柴原課長が言った。

「たしかに、会社に大損をさせられたとなれば、怨みも募るでしょうね……」

「『四つ葉ファイナンス』のような会社に預ける金は、半端じゃないでしょうから……」

柴原課長がうなずいた。

「今の話で、私は納得しました。地検特捜部の連中の話よりもずっと現実的だと思います」

「やっぱり、その線だな」

田端課長が言った。「俺は令状の手配をする。その脅迫者の音声については、今どうなっているんだ？」

天童がこたえた。

「声紋の分析とか、背景音の分析を行っています。背景音から、所在が判明することもありますから……」

「わかった。何でもいいから、とにかく続けてくれ」

「地検特捜部から、防犯カメラの映像を取り返せませんかね。重要な手がかりが含まれているかもしれないんです」

それに対して、柴原課長が言った。

「そちらは、私が交渉してみましょう」

田端課長が言った。

「簡単にはいきませんよ」

「私でだめなら、部長に頼みますよ」

「なるほど、そのために上司がいるんですからね。じゃあ、俺は警視庁本部に戻るよ」

天童が驚いた様子で言う。

「これからですか？」

すでに午後十一時半になろうとしている。

田端課長が言った。

「令状の手配は早いほどいいんだろう」

柴原課長が言った。

「では、ごいっしょしましょう。私もいろいろとやることがありますので」

田端課長はうなずくと、立ち上がった。

「じゃあ、行きましょう」

二人の課長が出ていくと、樋口たちは管理官席に戻った。

四人とも、しばらく無言で何事か考えていた。やがて、樋口は言った。

「氏家、そういえば灰谷たちと与党の候補の関係を探ると言っていたな。何かわかったのか？」

氏家はかぶりを振った。

「いや。灰谷や荒木と与党の候補のつながりは見えなかったな……」

「そうか」

「ただ……」

「ただ、何だ？」

「東京地検の検事正と、与党の選対委員長はかなり親しいらしい。同郷で、なおかつ同窓生だということだ」

検事正は、地検のトップだ。

「それは、ちょっと勘ぐりたくなるな……」

二人の話を聞いていた天童が言った。

「検事正の指示だということか。もし、そうだとしたら、地検がひっくり返るくらいの大問題だぞ」

氏家が言った。

「検事正の指示とは限りませんよね。灰谷と荒木の点数稼ぎかもしれません」

天童が言う。

「だとしても、事情はそれほど変わらない。与党の選対委員長と近しいとなれば、秋葉議員を辞職に追い込みたい理由がわかる」

「東京五区では、ずいぶんと悔しい思いをしたでしょうからね」

「しかし……」

綿貫が言う。「地検が政治にちょっかいを出すなんて、信じられませんね……」

「ふん……」

氏家が言った。「弁護士ほど儲かるわけじゃないから、検事の関心事といえば、出世と政治だよ。いかに将来、自分が政治に関われるかは、検事たちの大いなる関心事だ」

綿貫が小さく肩をすくめて言った。

「へえ……。なるほどねえ……」

「特に、地検特捜部は、そもそもがGHQの指導で組織されたということもあるし、その当時からの伝統か、特捜部には駐米大使館の一等書記官経験者が多いって聞いたことがある。それで、アメリカの影響を指摘する声が、根強くあるな」

「アメリカの影響って……」

「アメリカは、いろいろなレベルで日本の政治に口出しできるってことさ」

天童が言った。

「氏家、そいつは余計なことだろう」

氏家がこたえる。

「そうですね。問題は、灰谷と荒木をどうやったら排除できるかってことですよね」

天童が疲れた様子で言う。

「ともかく、柴原課長が防犯カメラの映像を取り返してくれたら、手分けして解析をしよう」

映像解析は、捜査員の負担が大きい。眠らずに変化の乏しい映像を何時間も凝視しつづけなければならないのだ。

天童が続けて言った。

「さて、今のうちにちょっと休ませてもらおうか……」

樋口は言った。

「そうしてください。緊急時には知らせに行きます」

「頼む」

天童が席を立ち、特捜本部を出ていった。疲労の色が濃い。天童だけではない。氏家も綿貫も疲れている。樋口も同様だった。

氏家が言った。

「それで？　照美ちゃんは、どうなんだ？」

「話を聞いたのか？」

「ああ。天童さんから聞いた。ボランティアだって？」

「そうなんだ。事件が解決するまで待ってくれと言ったら、何とか理解してくれたようだ」

氏家の表情が曇った。

「……ということは、捜査の内容について話したということだな？」

「俺も、それがまずいことだとは知っている。だから、具体的な内容を話したわけじゃない」

綿貫が言った。

「その話をして戻ってきたら、秋葉康一が署にいたわけですよね」

樋口はこたえた。

「ああ。驚いたよ」

氏家が樋口に尋ねた。

「その秋葉は、どんなやつだった？　評判どおりか？」

「その評判というのが、どういうものかよくわからないが、話のわからない人ではなかった」

「地検特捜部が、絵を描いていることを話したと言ったな？　彼らが秋葉に辞職させることを目論んでいるらしいことは伝えたのか？」

「伝えた」

「それで、秋葉の反応は？」

「腹を立てている様子だったが、まあ、理性的だったな」

「理性的か……。田端課長が言ったように、地検に怒鳴り込んだりはしないだろうな」

「それはなさそうだな。もし、やってくれたら、おまえが言ったように、灰谷と荒木を特捜本部から追い出すこともできるんだが……」

「それ、案外いい手かもしれない」

樋口は驚いて聞き返した。

「いい手？　何がだ？」

「秋葉に怒鳴り込んでもらうんだ。東京地検に、な」

「ばか言え。議員の力を借りたりしたら、面倒なことになるぞ」

「使えるものは、何でも使わなきゃ」

「それこそ、田端課長が言った、藪蛇になるかもしれない」

氏家が、しばらく考えた後に言った。

「まあ、考えても仕方がないな。天童さんが戻ってきたら、交代で、あんたが休んでくれ」

樋口はこたえた。

「いや。またおまえたち二人が休んでくれ。俺は、朝方でいい」

「そうはいかない。こういう場合は、年齢順だろう。長幼の序だ」

「長幼の序だって？　おまえが言うなよ。でもまあ、そう言うのなら、天童さんの次に休ませてもらうとするか。正直言って、かなり疲れている」

氏家がしみじみとした口調で言う。

「しかし、特捜本部ってのは辛いものだな。捜査ってのは、もっとサクサク進むものと思っていた。俺たちが、寝不足でぶっ倒れるのが早いか、事件が解決するのが早いか……」

樋口が言った。

「俺は、事件が解決するほうが早い、というほうに賭ける」

「おまえは常に前向きで、時折、うらやましくなる」

「そんなに前向きなわけじゃないが、田端課長がガサ状を取ってくれて、柴原課長が防犯カメラの映像を取り返してくれたら、捜査は大いに進むと思う」

綿貫が言った。

「灰谷たちがおとなしくしていてくれるといいんですが……」

それに対して、氏家が言う。

「刑事部長が、しっかり釘を刺してくれたと思いたいな」

樋口は何も言わなかった。


午前三時頃、天童が戻ってきた。交代で、樋口が休憩することになった。柔道場に敷かれた蒲団にもぐり込む。

決して寝心地がいいわけではないが、横になれるだけでありがたかった。すぐに眠りに落ち、目を覚ましたのは、午前五時過ぎだった。

特捜本部に行き、氏家と綿貫を休ませることにした。

18

午前九時から、捜査会議だ。

氏家と綿貫は、その直前に起きてきた。

刑事部長と北沢署署長、田端課長、柴原課長の捜査幹部が顔をそろえている。

冒頭に、田端課長が報告した。

「『四つ葉ファイナンス』に対する捜索差押許可状が出ている。これで、クレームや問い合わせの電話を録音した音声データと、大きな損失を出している顧客の名簿を入手することができる」

昨夜から今朝にかけて、裁判所に申し入れたのだろう。さすがに田端課長は頼りになる。

それに続いて、柴原課長が言った。

「東京地検が持っている現場付近の防犯カメラの映像を、再度入手すべく交渉をする予定です」

それに対して刑事部長が言った。

「それはいったい、何の話だ？」

田端課長は、相沢を脅迫していた人物について、あらためて説明しなければならなかった。

「ああ、その話か……」

刑事部長は気乗りしない様子で言った。「電話で殺すと言った件だな。まだそれを調べているのか」

田端課長が言った。

「重要なことだと判断しております」

「重要？　私はそうは思わないと言ったはずだが」

まずい流れだと、樋口は思った。捜査の方針は刑事部長が決めるのだ。

田端課長が、あくまでも冷静な口調で言った。

「犯人は、被害者をひどく怨んでいたことが、手口から見て取れます」

「手口から……？」

「はい。現場を見ていた捜査員が、そのように報告しております」

「その捜査員というのは誰だ？」

「樋口係長です」

刑事部長が言った。

「樋口係長、詳しく説明してくれ」

樋口は立ち上がり、返答した。

「相沢和史の死因は、刺創による失血です。被害者は刃物で、何度も刺されておりました。その様子を見て、犯人の強い憎しみを感じたのです」

「何度か刺されていた。それだけのことだろう」

咄嗟《とっさ》に言葉が出てこなかった。現場での印象を否定されたら、返す言葉がない。

そのとき、柴原課長が言った。

「捜査員が現場で感じたことというのは、きわめて重要だと思います。彼らは豊富な経験に照らして、状況を読み取るのです。私は、樋口係長が感じた『憎しみ』という言葉に説得力があると思います」

助け船を出してくれたのだ。意外に思うと同時に、ありがたいと思った。

刑事部長が言う。

「それと、脅迫男と、どういう関係があるんだ？」

それにこたえたのは、田端課長だった。

「怨んでいなければ、脅迫などしないでしょう。つまり、容疑が濃いということです」

柴原課長が言った。

「納得できる意見だと、私は思います」

すると、刑事部長がうなずいた。

「そうか。君がそう言うのなら、しばらく様子を見よう」

やはり部長は、叩き上げの捜査一課長よりも、キャリアの二課長のほうを信頼するのだろうか。

そんなことを思いながら、樋口は着席した。

さらに、刑事部長が柴原課長に言った。

「秋葉康一の寄付金の件はどうなった？」

「今、二課の精鋭が精査しています。じきに結果が出ると思います」

「結果が出るということは、不正が見つかるということだな？」

「不正が見つかるかもしれませんし、不正がないことが明らかになるかもしれません」

「相沢が不正な献金をしていたことがわかれば、秋葉の秘書の容疑の裏付けとなる」

それに対して、柴原は何も言わなかった。

刑事部長は、灰谷たちが言うことを信じている。いや、信じようとしているのではないか。

柴原課長が、ふと気づいたように、刑事部長に尋ねた。

「灰谷たちとは、お話をされましたか？」

「ああ……」

刑事部長は顔をしかめた。「防犯カメラの映像については、特捜本部の手間を減らそうという考えだったということだ。あくまでも、善意でやったことだと言っていた」

「それをお認めになったのですか？」

「地検が協力してくれると言うのだから、それを拒否する理由はあるまい」

「協力ではなく、妨害です」

田端課長が言った。「彼らのやっていることは、明らかに我々の捜査の邪魔になります」

刑事部長がむっとした様子で言った。

「地検が捜査の邪魔などするはずがないだろう」

田端課長が言った。

「防犯カメラの映像を持ち去ったのも、秋葉議員の秘書の身柄を勝手に拘束したのも、我々にとっては妨害です」

「ばかを言うな。秋葉の秘書は被疑者だろう」

田端課長は、きっぱりと言った。

「現時点では、被疑者ではありません」

「どうして、地検が捜査の邪魔などしなけりゃならないんだ？　その理由は何だ？」

「特捜本部の捜査方針と、灰谷たちが描いた絵が食い違っているからです」

「灰谷たちが描いた絵？」

「秋葉の命令で、秘書の亀田が相沢を殺害したという絵です」

「事件当日、防犯カメラに秘書の映像が残っていたんだろう？　当選後、選挙違反の容疑でガサが入った。それで秋葉議員の尻に火がついた。相沢との間で、政治資金規正法違反等の何かまずいことがあり、秘書を使って彼を消した。それで筋が通るじゃないか」

刑事部長は、灰谷たちが描いた絵を気に入っているのかもしれない。映像というのは、確かな証拠だ。だから、起訴する側はそれに頼りたい。

だが、こじつけはいけないと、樋口は思った。

「ですから……」

田端課長が言った。「その所見は、遺体の状況と合わないと申し上げているのです。遺体の様子は、犯人の怨みや憎しみを物語っておりましたので……」

刑事部長が考え込んだ。

田端課長の説得が功を奏しはじめているのではないかと、樋口は期待した。

そのとき、戸口に灰谷と荒木が姿を見せた。捜査員たちの冷たい視線が向けられる。それでも彼らは、平然と幹部席に歩み寄った。

刑事部長の前で立ち止まると、灰谷が言った。

「特捜本部の動きが鈍いので、検察主導でやることにしました」

それに対して、田端課長が言った。

「邪魔さえなければ、動きが鈍いなんて言われることはないはずなんですがね」

灰谷が田端課長を見て言った。

「私たちが邪魔をしているということですか？」

「防犯カメラの映像を勝手に持っていったり、亀田の身柄を拘束してきたり……。それが捜査の邪魔じゃなくて、何だと言うのです」

灰谷が言う。

「それこそが捜査ですよ。特捜本部が手をこまねいているので、私たちが先に手を打ちました」

田端課長が怪訝そうな顔をした。

刑事部長が尋ねた。

「先に手を打ったというのは、どういうことだね？」

灰谷がこたえた。

「亀田を逮捕しました」

天童が立ち上がった。気がつくと、樋口も立ち上がっていた。

田端課長が、灰谷に食いつかんばかりに身を乗り出した。

「逮捕？　それはどういうことです？」

灰谷が平然とこたえる。

「充分な疑いがあると裁判所が認め、逮捕状を発行しました。ですから、それを執行したのです」

田端課長が、驚きの表情で言った。

「無茶な……」

「何が無茶ですか。送検手続きの手間を省いてあげたのですよ。我々が逮捕状の執行をしたからには、取り調べも我々主導でやることにします」

まさか、亀田に対する逮捕状請求が認められるとは思わなかった。物的証拠は防犯カメラの映像だけで、それも撮影された時刻等を考えると、犯罪の根拠と言うには心許ない。

だが、実際に逮捕状は下りたということだ。

検察官と裁判官は、判検交流という制度もあり、比較的近しい関係にある。警察官が請求しても認められないような事案でも、検察官が請求すれば認められるのかもしれないと、樋口は思った。

ならば、検察官と裁判官はやりたい放題じゃないか……。

そして、亀田の身柄は検察が押さえている。通常なら、起訴まで検察官と刑事が協力して捜査を続けるのだが、検察が必要ないと言えば、警察官は被疑者に接触することができないだろう。

もし、灰谷たちが、亀田を起訴に持ち込めば、有罪率は九十九・九パーセントだ。

灰谷が言った。

「それをお知らせしたくて参りました。もう、特捜本部は必要ありません。この場で解散を宣言されてはいかがですか？」

特捜本部の中は静まりかえっている。咳払い一つ聞こえない。

その静寂を破ったのは、柴原課長だった。

「亀田を逮捕したのなら、もう防犯カメラの映像は必要ないでしょう。返していただけませんか」

灰谷が嘲るような口調で言う。

「冗談でしょう。大切な証拠です。手放すわけにはいきません」

「私が言っているのは、亀田が映っている部分以外のことです」

「亀田が映っている部分以外……？」

「はい。必要なのは亀田の映像でしょう？　それ以外の部分はもはや不要なはずです」

灰谷と荒木は顔を見合わせた。灰谷がこたえる。

「その部分だけを切り取ると、データの改竄を疑われます。元データのまま保存する必要があると思います」

「いただくのは、コピーで構いません」

「まあ、それならば問題はないでしょう。コピーをお渡ししましょう」

「捜査員がすぐに取りにうかがいます」

「お好きにどうぞ。では……」

灰谷と荒木は、悠然と幹部席の前を横切って、特捜本部を出ていった。

再び、特捜本部内は静まりかえった。しばらくして、刑事部長が言った。

「つまり、被疑者がすでに確保されたということだな。だったら、地検特捜部の連中が言うとおり、もう特捜本部の必要はないな……」

田端課長が言った。

「いや、待ってください。亀田を逮捕するなんてとんでもない話です。衆議院議員の秘書に対して、誤認逮捕さらには冤罪という、たいへん不名誉なことになります」

「検察のやったことだ。我々は関係ない」

「世間はそう見ませんよ。被疑者を逮捕したのは特捜本部だと思われるでしょう」

刑事部長は考え込んだ。

「誤認逮捕と言ったな？　では、被疑者は別にいるということだな？」

田端課長がこたえる。

「相沢を脅迫した人物です」

刑事部長が顔をしかめる。

「またそれか……。それしかないのか？」

「それが最も有力な線だと思います」

「とにかく、警視総監に報告しよう。特捜本部の本部長は警視総監だからな。本部を畳むかどうかは、総監のお考え一つだ」

そう言うと、刑事部長は立ち上がった。その場にいる全員が起立して、刑事部長を送り出す。彼が出ていき、捜査員たちが着席すると、北沢署の署長が言った。

「時間がないぞ」

滅多に発言しない署長の言葉に、捜査員たちは驚いたように視線を向けた。

署長の言葉が続いた。

「部長が総監に報告し、さらに総監が判断されるまで、しばらくかかるはずだ。万が一特捜本部が解散ということになろうとも、それまでできるだけのことをするんだ」

それを受けて、田端課長が言った。

「『四つ葉ファイナンス』から資料を入手してこい、脅迫者を洗い出すぞ」

続いて、柴原課長が言った。

「地検特捜部から、防犯カメラの映像データを至急入手してください」

捜査員たちから、威勢のいい返事があった。

北沢署署長は満足げにうなずき、言った。

「けっこう。では、私も失礼しますよ」

彼は席を立った。


その日の午後には、『四つ葉ファイナンス』から音声データが入ったハードディスクと、過去に大きな損失を出した顧客の名簿を入手し、さらに、地検特捜部から防犯カメラの映像を入手してきた。

もっとも、防犯カメラの映像データはコピーだった。柴原課長がそれでいいと言ったからだ。

その証拠能力について、天童が尋ねると、柴原課長はこうこたえた。

「コピーであっても、使い方によっては証拠能力は充分にあります。それが唯一無二の証拠の場合は、当然厳しく評価されますが、他にも証拠があり、それを補完するようなものであれば、ちゃんと考慮されるでしょう」

音声データの分析に、多くの捜査員が割かれた。クレームや問い合わせの電話の声と、脅迫者の声を耳で聴いて比較するのだ。

防犯カメラの映像の解析にも、大勢が関わっている。彼らは、カメラに誰かが映っていたら、その時刻と人物の特徴をメモしていくのだ。

どちらも時間がかかる地道な作業だ。

午後二時頃、樋口の携帯電話が振動した。樋口は電話を見て言った。

「秋葉議員からです」

「秋葉……？」

天童が驚いた顔で言った。「出てみろ」

「はい、樋口です」

相手はいきなり言った。

「逮捕って、いったいどういうことだ？」

秋葉は明らかに怒っている。

「我々にとっても寝耳に水なのです」

「どこにいるかわからないから、弁護士の接見もできない。これは、明らかに違法だぞ」

樋口は思わず聞き返した。

「どこにいるかわからない……？」

「ああ。北沢署にいるのか？」

「こちらに身柄はありません。我々が逮捕したのではないので……」

「あんたらが逮捕したんじゃない？　どういうことだ？」

「地検特捜部が逮捕しました」

舌打ちの音が聞こえる。

「いったい、あんたらは何をやってるんだ。警察と検察が対立……？　そんなんでまともな捜査ができるのか？」

「今回の地検特捜部のやり方は、明らかに常軌を逸しています。特捜本部では、捜査の軌道修正をしようと、目下最大限に努力中です」

「言い訳は聞きたくない。すぐに亀田を釈放するんだ」

「先生……」

「その呼び方はやめろ」

「我々が逮捕状を執行したわけではなく、身柄を我々が押さえているわけでもありません。ですから、我々に釈放しろと言われても無理なのです」

「地検特捜部の仕業なんだな？　では、そちらと話をする」

「待ってください。それでは、向こうの思う壺です」

「思う壺？　どういうことだ？」

「地検特捜部が狙う本丸は、秋葉先生です」

「だから、その呼び方はやめろと言ってるんだ。本丸が俺だってことはわかっている。俺が地検特捜部と話をしたら、どうして向こうの思う壺なんだ？」

「彼らは、百戦錬磨ですよ。そして、虎視眈々とあなたの失策を待っているのです。あなたが、地検に怒鳴り込んだりしたら、連中は何とかしてあなたの身柄を取ろうとするでしょう」

「俺の身柄を取る……？」

「例えば、公務執行妨害というのは、便利な罪状なんです」

秋葉は一瞬押し黙った。

「俺も、公安の『転び公妨』は知っている。なるほど、そういう手を使うわけだな」

「転び公妨」は、かつて公安が学生運動家などを逮捕するために使用した手だ。職質をかけておいて、いきなり公安捜査員が派手に転ぶのだ。そのとたんに、他の捜査員が「公務執行妨害」を宣言して対象者を現行犯逮捕する。突き飛ばされて転んだという演技だ。

もちろん、逮捕されたほうは何が起きたのかわからない。

「地検特捜部は、公務執行妨害罪だけでなく、ありとあらゆる手を考えるはずです。マスコミには衆議院議員が、犯罪捜査に対して不当な圧力をかけたと発表することでしょう。あなたを失脚させるためなら、おそらく何でもしますよ」

「じゃあ、どうしろと言うんだ」

「何もせずにいていただきたいのです」

「そんなわけにはいかない」

「弁護士が会えるようにしましょう。亀田さんの所在を確認して連絡します」

しばらく無言の間があった。やがて、秋葉が言った。

「いや、それだけじゃ足りないな。あんたが、地検から亀田を取り返してくれ」

「私にそんな権限はありません」

「何とかするんだ」

「無茶を言わないでください。逮捕状が執行されたのです。簡単には解放されません」

「じゃあ、俺のところに来て、ちゃんと事情を説明してくれ」

できれば、捜査に集中したい。だが、秋葉の立場になってみれば、たしかに納得できないことだらけだろう。

「わかりました。どちらにうかがえばいいですか？」

「地元の事務所にいる。自由が丘駅前だ」

「これからすぐに向かいます」

電話が切れた。

天童が尋ねた。

「亀田を返せと言ってきたんだな？」

「はい。どこに身柄があるか、知らされていないので弁護士も会えていないようです。所在を確認していただけますか？」

「わかった。それは引き受けた」

樋口は立ち上がった。

「では、出かけてきます」

氏家が言った。

「あんたが議員と話をしている間に、事件を解決してやるよ。任せておきな」

この軽口が頼もしい。

「俺が戻ってくるまで、特捜本部が存続していることを祈っているよ」

樋口はそう言うと、出入り口に向かった。

19

午後三時前に、秋葉の事務所に着いた。

自由が丘駅の正面口を出るとロータリーがある。秋葉の事務所は、そのロータリーに面したビルの二階にあった。

窓に大きなポスターが貼られており、「秋葉康一」の名前が大きく書かれているので、すぐにわかった。

事務所の中は思ったよりも狭かった。そして、何より驚いたのは事務所スタッフたちの服装だった。

衆議院議員のスタッフなのだから、みんなスーツを着ているようなイメージを抱いていた。実際には、五人ほどいるスタッフの全員がジーパンにポロシャツといったラフな恰好をしている。

亀田はスーツ姿だったが、それは彼が秘書だからだろう。

若い女性が樋口に近づいてきたので、来意を告げた。すぐに奥の部屋に案内された。そこに秋葉がいた。そこが彼の部屋なのだろう。

その部屋には机はなく、中央に大きなテーブルがあるだけだった。秋葉はそのテーブルに向かって、誰かに電話をしていた。

樋口に気づくと、秋葉は椅子の一つを指さした。そこに座れということだろう。樋口は腰を下ろした。

やがて電話を切ると、秋葉が言った。

「地検特捜部が亀田を逮捕したって？　いったいどういうことなんだ？」

「以前も説明しましたとおり、地検特捜部の二人の検事は、亀田さんが相沢さんを殺害したというシナリオを作っているのです」

「あんたはそうは思っていないんだな？」

「思っていません」

「じゃあ、何とかできないのか？」

「裁判所が容疑を認めて、逮捕令状を発行したからには、私たち刑事にはどうすることもできません」

「亀田がどこにいるのか、警察に尋ねてもこたえてくれない」

「地検特捜部が身柄を押さえているのでしょう。今、我々特捜本部で調べています」

「刑事にはどうすることもできないと言ったな。じゃあ、地検が亀田を殺人犯に仕立て上げるのを指をくわえて見ているということか？」

樋口はかぶりを振った。

「そうではありません。本当の被疑者を見つけるべく、不眠不休で努力しています」

「昨日もそんなことを言っていたな。だが、依然として亀田以外の被疑者は発表されていない」

「時間との戦いであることは、充分に承知しています。ですから、こうして説明に上がるよりも捜査をしたいのです」

この言葉は精一杯の抗議だった。だが、秋葉が気にした様子はなかった。

「警察が当てにならないのなら、俺が地検なり、法務省なりに事情説明を求めるぞ」

つまり、検察に圧力をかけるということだ。

「それは、向こうの思う壺だと申し上げたはずです」

「秘書が逮捕されたんだ。もう黙ってはいられない」

「実を言うと、先生に地検に出向いていただければありがたいと思ったこともあります」

「だから、その先生というのはやめろ。特にあんたからはそう呼ばれたくない」

どういう意味だろう。樋口が考えていると、秋葉は言葉を続けた。

「俺が地検に行けば、そのふざけた検察官を排除できるかもしれない。そう考えたわけだな?」

「そうです。しかし、考え直しました。それは間違っている、と……」

「不正と戦う。それが間違っているとは思わない」

「警察と検察の対立に、衆議院議員が介入した。そういう構図になってしまいます」

「それで構わないじゃないか」

「いえ、そういうパワーゲームは間違っているのです。正しいことは、正しい方法で証明されなければなりません。私はそう思います」

「だが……」

秋葉は苛立ったように声を大きくした。「実際にあんたらは、何もできないでいるじゃないか。亀田の居場所すらわからないんだ」

「着実に真実に近づいているという実感があります」

秋葉はしばらく考えてから言った。

「いや、じっとしてはいられない。俺が直接地検から話を聞いたほうがよさそうだ」

「あなたのほうから出向かなくても、検事たちと話をする機会はあるのですが……」

「何だって？」

「彼らは、亀田さんの容疑を固めるために、あなたからも事情聴取するはずです。そして、彼らの狙いは、本当は亀田さんではなくあなたなのです」

「それは何度も聞いている。だったら戦うまでだ」

「検事たちは自分たちが書いたシナリオどおりにすべての手続きを進めます。取調室では衆議院議員の威光も役に立ちません」

秋葉は悔しげに言った。

「だったら、どうすればいいんだ？」

「任意の事情聴取には応じないでいただきたいのです」

「やつらに会うなというのか」

「はい。少なくとも、我々が本当の被疑者を見つけるまでは……」

秋葉は再び考え込んだ。やがて、彼は言った。

「真実に近づいていると言ったな。それについて聞かせてくれ」

「捜査情報はお話しできません」

「それでは納得できない。検察に行くしかないな」

今度は樋口が考え込む番だった。

再び捜査情報を洩らせば、今度こそクビが飛ぶかもしれない。だが、それが何だ。亀田は身に覚えのない殺人の容疑をかけられ逮捕された。身柄を拘束され、厳しい取り調べを受けているに違いない。

そして、秋葉議員は失脚の危機にある。

秋葉が事情を知りたいと言うのは、実にまっとうなことだ。自分の処分を恐れて説明をしないというのは、どう考えてもフェアではない気がした。

この場合、捜査情報を秘匿することと、ちゃんと説明することのどちらが正しいだろうと、樋口は真剣に考えた。

一般的に正しいかどうかではない。自分にとって正しいかどうかだ。それが樋口の判断基準だ。

そして、樋口は話すことにした。

「相沢さんは、脅迫を受けていました」

「脅迫……」

「電話で殺すと言われていたのです。会社にかかってきた電話だったので、その声が録音されていました。それを手がかりに、その人物を特定しようとしています」

「声だけでどうしようというんだ」

「相沢さんの会社では、顧客からの電話をすべて録音していました。もし脅迫者が過去に電話をかけてきていたとしたら、その人物を特定できます」

「脅迫したからといって、殺人犯とは限らないだろう」

「いろいろな角度から捜査を進めています」

『四つ葉ファイナンス』で大きな損失を出した顧客の名簿や、防犯カメラの映像のことは言わなくていいだろう。

秋葉は言った。

「不思議だな……」

樋口は思わず聞き返した。

「何がですか？」

「あんたから話を聞くと、信じていいような気分になってくる」

「信じていただきたいと思います」

「パワーゲームは間違っていると言ったな」

「はい」

「だが、私はこれから、政治というパワーゲームの世界で生きていかなければならないんだ」

「政治がパワーゲームだというご意見には賛同しかねます」

「では、何だ？」

「グランドデザインです。理想を追求するために何をどう配置して、計画を進めるか。それが政治だと思います」

「そのためにはパワーゲームも必要だろう」

「おっしゃるとおりでしょうが、それが第一義では困ります。あくまでもパワーは目的ではなく手段であるべきです」

秋葉は笑い出した。

「今どき、そんな理想主義者がいるとは思わなかったな」

自分は理想主義者なのだろうか。樋口は疑問に思った。

「政治は理想のためにあるのではないですか？」

秋葉はうなずいた。

「あんたの言うとおりかもしれない。正しいものは正しい方法で証明されなければいけないとも言ったな」

「はい。そう心がけております」

「その言葉、覚えておこう。俺の政治信条に加えたいが、いいか？」

「本気ですか？」

「本気だ。いいな」

「ええ、もちろんです」

「では、あんたのアドバイスに従って、しばらくおとなしくしていることにしよう。検察から任意同行や任意の事情聴取の要請があっても、当面は拒否することにする」

樋口は立ち上がった。一礼してその場を去ろうとした。

「連絡は、あんたからくれ。課長や部長は勘弁してほしい」

「わかりました。では、失礼します」

樋口は部屋を出た。

全身から力が抜けるような気がした。意識はしていなかったが、ずいぶんと緊張していたようだ。

その緊張から一気に解放され呆然としていた。どうやって北沢署まで戻ったか、よく覚えていないほどだった。


四時過ぎに特捜本部に戻った。幹部席には、田端課長と柴原課長の姿があった。捜査員の多くは別室で作業をしているらしく、特捜本部内は閑散としている。

管理官席には天童しかいなかった。

「おう、ヒグっちゃん。議員はどうだった？」

「何とかなだめておきました。しばらくおとなしくしていてくれるということです」

「よく言うことを聞いてくれたな……。ヒグっちゃんじゃなきゃできない芸当だ」

「そんなことはありません。ただ説明しただけです。氏家や綿貫係長は？」

「綿貫は、防犯カメラの映像の解析。氏家は、脅迫電話の音声を問い合わせなどの電話の声と照合している」

「ＳＳＢＣには頼らないんですね？」

「また地検特捜部が手を回すといけないんでね。自前でやることにした」

「私も解析に参加しましょうか？」

「いや。ヒグっちゃんはここにいて、俺の補佐をやってくれ。また、秋葉議員から電話があるかもしれないしな」

「はあ……」

「『四つ葉ファイナンス』で大きな損失を出した顧客の中で、特に相沢を怨んでそうな者をリストアップしている」

音声の解析、映像の解析、怨みを持つ顧客のリストアップ。いずれも地味な作業だ。だが、捜査というのはこうした作業の積み重ねでしかない。

「それで、亀田さんの身柄は……？」

「東京地検が押さえている」

「我々は会えないんですか？」

「通常なら会いに行くのに何の問題もない。だが、今回は会わせてもらえないようだ。灰谷と荒木が警察を締め出しているんだ」

「弁護士なら断れないでしょう」

「どうだろうな……」

「とにかく、秋葉議員に知らせます」

「普通、警察官はなるべく弁護士を排除しようと考えるんだがな……。ヒグっちゃんは特別だな」

「私だって、そう思うことはあります。普通なら……。しかし、今回は普通じゃありません」

樋口は電話を取り出して、秋葉議員にかけた。

「樋口さんか？　何だ？」

「亀田さんの身柄は、東京地検にあるようです」

「わかった。弁護士に連絡しよう。それ以外に、何か？」

「まだ、ご報告することはありません」

「わかった。じゃあ」

電話が切れた。秋葉は無駄なことはほとんど言わない。

樋口が電話をしまおうとしたとき、「気をつけ」の声が聞こえた。

戸口を見ると、刑事部長が再びやってきた。彼は戸口でいったん立ち止まり、場所を空けると誰かを先に入室させた。

副総監だった。名前は斎藤《さいとう》だ。

天童と樋口はもちろん、二人の課長も起立していた。

副総監は、幹部席を横切り、その後方に回り込んだ。そして、刑事部長に尋ねた。

「俺、どこに座ればいいの？」

「中央へどうぞ」

「あ、ここ？　はいはい……」

斎藤副総監は、着席すると言った。「突っ立ってないで、みんなも座ってよ。ええと、話を聞きたいから、管理官と係長も来てよね」

田端課長も面食らっている様子だ。まさか、副総監がやってくるとは、樋口は想像もしていなかった。課長たちも同様だろう。

天童と樋口は幹部席に駆け寄った。

刑事部長は渋い顔をしている。きっと警視総監か副総監に何か言われたに違いない。

斎藤副総監が言った。

「この特捜本部のことだけどさ。本来なら総監が来るべきなんだよ。けど、おまえに任せるって、言うもんだからさ。え？　俺？　って感じだけど……」

樋口は、斎藤副総監と話をしたことなどない。係長からすると部長以上は雲の上の存在だ。

ずいぶんと口調が軽いなと、樋口は思った。

斎藤副総監が言葉を続ける。

「検事が被疑者を確保して、一件落着だって言ってるそうだね。どういうこと？」

両課長が顔を見合わせた。その様子を見て、斎藤副総監が言った。

「みんな忙しいんだしさ、時間が惜しいんだろう？　誰でもいいからさっさと説明してよ」

刑事部長が言った。

「捜査一課長。君から説明すべきじゃないのか」

「はい」

田端課長が説明を始めた。斎藤副総監は、うなずきながら話を聞いている。

報告を聞き終わると、斎藤副総監が言った。

「何それ。じゃあ、その被疑者逮捕に、特捜本部としては納得していないということ？」

田端課長がこたえた。

「納得していません。もし、亀田氏を起訴すれば、冤罪ということになるでしょう」

「それでさ、その特捜検事たちは、秋葉康一の失脚を狙っているってわけ？　辞職させて次点の保守系の議員を繰り上げ当選させるために……」

それにこたえたのは柴原課長だった。

「それについては確認されているわけではありません」

「悠長なことを言ってんじゃないよ。殺人が起きる前からその特捜検事たちは、二課に接触してきたんだろう？」

「はい」

「それで、秋葉康一んとこにガサかけたわけだ」

「そのとおりです」

「だったら、そいつら秋葉の首を狙っているに決まってるじゃないか。殺人事件を利用しようとしたんだよ」

しどろもどろになった柴原課長を初めて見た。樋口はそう思った。

「おっしゃるとおりです」

柴原課長が言った。「特捜検事たちの狙いは、秋葉康一の失脚と見て間違いありません」

「しかし、なんで地検特捜部が秋葉康一を辞職させたがるわけ？」

「発言してよろしいですか？」

天童が言うと、斎藤副総監がこたえた。

「当たり前じゃないか。そのために呼んだんだよ。何だ？」

「東京地検の検事正と与党の選対委員長は、同郷でなおかつ同窓生だということで、かなり親しい間柄らしいです」

「どういうこと？」

「秋葉康一が当選した東京五区は、長い間与党の議員が選出されていました」

「ああ、そうだったな。今回の選挙の大番狂わせと言われた」

「落選した与党の議員だけではなく、選対委員長もひどく悔しい思いをしたことでしょう」

「相手が市民運動出となれば、なおさらだよな。それで、検事正が手を回したと……？」

「……あるいは、二人の特捜検事の点数稼ぎかもしれません」

「ふざけた話だな。それで、本ボシのほうはどうなの？」

その質問に対して、田端課長が脅迫電話の件など、一連の捜査内容を説明した。

それを聞き終わると、斎藤副総監が刑事部長の顔を見て言った。

「捜査が続いているのに、特捜本部を畳むかどうか総監に尋ねに来たわけ?」

「いや、それは、その……」

「あんた、何やってんの。こんな状態で本部畳めるわけないでしょう」

「はい……」

それから、斎藤副総監は二人の課長を見て言った。

「地検が挙げたホシのことなんて気にすることたあない。本ボシを挙げることだけを考えるんだ。いいな? 検事正だの与党の選対委員長だのといったなまぐさいことは、俺たちに任せておきな」

田端課長がこたえた。

「はい。了解しました」

「事件解決まで特捜本部は存続。以上」

斎藤副総監は立ち上がった。「そんじゃ、俺は忙しいんで、これで失礼するぜ」

彼が出入り口に向かうと、刑事部長が慌ててそのあとを追っていった。

20

「たまげたな……」

田端課長がつぶやくように言った。

柴原課長も安堵《あんど》したように、大きく息をついた。

斎藤副総監は、きわめて気さくに見えたが、課長たちにも緊張を強いる存在には違いなかった。

樋口と天童が管理官席に戻ると、出入り口から樋口班のベテラン・小椋が駆け込んでくるのが見えた。彼は、同じく樋口班の藤本由美《ふじもとゆみ》を従えている。彼女は、樋口班の紅一点だ。

小椋は、管理官席にやってくると、樋口に向かって言った。

「藤本が、一致する声を見つけたと言うんですが……」

樋口は言った。

「報告は、管理官に」

「あ、すいません」

小椋は天童のほうを向いた。天童が尋ねた。

「脅迫者の声と一致するものを見つけたということか？」

「ええと……。藤本はそう言ってるんですが……」

天童がさらに尋ねる。

「そう言ってるが……？」

「問い合わせのほうの音声が、ちょっと不明瞭で、私には判断がつきかねるんですが……」

天童が藤本に言った。

「オグさんはこう言ってるが、どうなんだ？」

藤本ははっきりとした口調で言った。

「私、耳には自信があります」

小椋がちょっと困ったような顔で樋口を見た。樋口は天童に言った。

「彼女は、警察官にならなければ音楽家になっていたかもしれません。小さな頃からずっとピアノを練習していて、耳は確かだと思います」

「ちょっと、聞いてみよう」

天童がそう言うと、藤本が脇に抱えていたノートパソコンを机に置き、ディスプレイを開いた。

「これが脅迫者の声です」

藤本がタッチパッドを操作すると、スピーカーから男の声が聞こえてきた。

「……相沢、おまえを殺す。必ず殺すからな……」

藤本がさらに操作を続ける。

「そして、これが脅迫電話の約一ヵ月前にあった問い合わせの電話です」

「……え？　つまり、それ、どういうこと？　損失を俺自身が補塡するということ……？」

社員の受け答えも含めて、約五分間、そのような言葉が続いた。

たしかに、問い合わせの電話のほうは、不明瞭だ。あまり電波の状態がよくない場所から電話をかけてきたようだ。

天童が戸惑ったように言った。

「たしかに、オグさんの言うとおり、判然としないな……。ヒグっちゃん、どう思う？」

「そうですね。似ていると言えば、似ている気がしますが、同一人物かどうか、私にも判断はつきかねますが……」

藤本が樋口に言った。

「間違いありません。電話の特徴で、高音域と低音域がカットされていますが、明らかに同じ声質です。そして、発音に特徴があるんです。子音がはっきりせず、語尾を伸ばす特徴があります。おそらく北関東で育った人物だと思います」

樋口はその言葉を聞いて、藤本に賭けてみようと思った。真剣な訴えには誰かが耳を傾けなければならない。直属の上司がその役目を果たすべきだと、樋口は思った。

「私は藤本の耳を信じたいと思います。声紋等のさらに詳しい分析を行えば、結果は明らかになると思います」

天童がうなずいた。

「わかった。もしかしたら、これが突破口になるかもしれないな」

小椋が言った。

「だとしたら、藤本の手柄ですね」

それに対して藤本が言った。

「誰の手柄とかいう問題じゃないと思いますよ。捜査にはみんなの力が必要です。そうですよね、係長」

樋口はこたえた。

「そうだな。だが、もし、これで被疑者が絞れたら、藤本の耳のおかげであることは間違いない」

それを聞いて、藤本本人よりも小椋のほうが嬉しそうな顔をしていた。

天童が言った。

「オグさんと藤本はいっしょに来てくれ。課長に報告して、分析の許可をもらおう」

三人は、幹部席に向かった。

藤本が田端課長の前にパソコンを置き、説明をしている。田端課長は真剣な表情でそれを聞いている。

やがて、田端課長の声が聞こえてきた。

「すぐに分析を依頼しろ。至急結果を出すように言ってくれ」

天童が「了解しました」とこたえて、管理官席に戻ってきた。小椋と藤本もいっしょだ。

席に戻ると、天童が小椋に言った。

「この質問者の素性はわかっているのか？」

「『四つ葉ファイナンス』に音声ファイルの番号を言って問い合わせれば、すぐにわかります」

「すぐにやってくれ。その人物の素性がわかったら、多額の損失を出した者のリストに、その名前があるかどうかチェックしてくれ」

「了解しました」

小椋はそうこたえると、藤本にうなずきかけて、出入り口に向かった。藤本が礼をしてからそれを追う。

別室で『四つ葉ファイナンス』と連絡を取り合うのだろう。

それと入れ違いで、氏家が戻ってきた。

「いや、すごいね。あの藤本ってやつは……」

樋口は聞き返した。

「すごい？　どういうふうに」

「俺たちは、同じ音源を何度も聞き直さなきゃならない。けど、彼女は一度聞いただけでオーケーなんだ。処理のスピードがずば抜けている」

天童が言った。

「それだけ多くの音源に当たれたということだな。だから、彼女が脅迫者と同一の声を見つけられたわけだ」

樋口が言った。

「まだ、そうと決まったわけではありません。詳しい分析の結果を待たないと……」

「ヒグっちゃんは、藤本の耳を信じているんだろう？」

「ええ。信じています。ただ、調べはあくまで慎重に行わないと……」

氏家が天童に言った。

「こういうやつなんですよ、こいつは」

「ああ、知ってるさ」

そこに小椋と藤本が再びやってきた。

小椋が天童に言った。

「『四つ葉ファイナンス』から回答がありました。当該の人物の氏名は、尾崎亨《おざきとおる》。年齢は四十八歳です」

「住所は？」

「『四つ葉ファイナンス』に登録されていた住所は、港区麻布十番二丁目です。今、捜査員が向かっています」

「住所の確認だけだ。触るなと厳命しろ」

「触るな」というのは、決して接触するなということだ。

小椋がこたえた。

「了解しました」

彼はすぐに携帯電話を取り出して、捜査員と連絡を取った。

小椋が電話を終えるのを待って、天童が尋ねた。

「尾崎亭の顔写真は入手できそうか？」

「『四つ葉ファイナンス』には、さすがに顔写真まではないそうです」

「よろしいですか？」

藤本が発言の許可を求めた。天童が言った。

「何だ？」

「SNSなどに本人の写真があるかもしれません。探してみます」

「そうか。最近は、ネット上で写真が見つかるケースが増えている。すぐにやってくれ」

「はい」

世の中、個人情報の扱いにうるさくなった。なのに、インターネット上には個人情報がダダ洩れなのだ。樋口は、そんなところに妙なアンバランスを感じるのだった。

氏家が言った。

「顔写真が手に入れば、防犯カメラの映像と照合できるな」

「焦るなよ」

樋口は言った。「まず、声の分析の結果を待たなければ……」

「わかってるさ。だがな、亀田がいつまで持つかわからんぞ」

「やってもいないことを自供するはずがない」

「どうかな。灰谷たちは、あの手この手で責めるはずだ。どんなに腹の据わったやつでも、自暴自棄になることもある」

たしかに、被疑者がやってもいない罪を自供することは珍しくはない。本当のことを言っても、取調官がまったく信じようとしないと、自棄《やけ》になる被疑者がいる。

そして、自供は起訴の根拠になり得る。

樋口はつぶやくように言った。

「まさかとは思うが……。秋葉議員が、弁護士を送ると言っていたし……」

「うまく接見できるといいがな。今、この瞬間も、亀田は厳しく責められているはずだ」

そのとき、藤本が言った。

「ありました。SNSに写真が……」

彼女は、パソコンを回して、画面を樋口たちのほうに向けた。

天童が命じた。

「それを印刷してくれ」

「ダウンロードして、プリントアウトします」

「写真を、ビデオ解析班に渡してくれ。その人物が防犯カメラの映像に映っていないか解析するんだ」

「了解しました」

藤本がパソコンで作業をする。やがて、管理官席の脇にある複合機が唸りはじめた。プリントアウトしているのだ。

藤本が立ち上がり、複合機のところから数枚のコピーを持って戻ってきた。その紙を管理官席の面々に配布する。

天童がそれを持って幹部席の両課長のもとへ行った。

樋口は、顔写真を見つめた。スナップ写真で、画質はそれほどよくないが、人相は充分に見て取れる。

カメラに笑顔を向けている。殺人を犯すような人物には見えない。だが、たいていの殺人犯はそうなのだ。

小椋が樋口に言った。

「係長、尾崎の自宅マンションに向かった捜査員から連絡です」

天童に報告しろと、何度言っても無駄なようだ。

「どうしました」

「そこにはもう住んでいない様子だそうです」

「住んでいない？」

「立ち退きを迫られ、マンションを出たようです」

「立ち退き……？　家賃滞納か何かですか？」

「分譲マンションなので、借金じゃないでしょうか。詳しく調べさせます」

「引っ越し業者や不動産屋を当たって、尾崎がどこに引っ越したか調べてください」

樋口の言葉に加えて、天童が言った。

「殺人現場の周辺の駅などにある防犯カメラの映像を再度解析しろ。犯行後の足取りがつかめるかもしれない」

小椋がこたえた。

「了解しました。手配します」

小椋と藤本は、また特捜本部を出ていった。

田端課長の声が聞こえた。

「動ける者は全員、尾崎亨の行方を追え」

天童がこたえた。

「声紋分析の結果を待たないと、空振りになる恐れがあります」

「空振りでも構わない。尾崎亨の発見が最優先だ」

「了解しました。ただちに……」

樋口はすでに、その作業を開始していた。それぞれの班の責任者に電話をして、特捜本部に集合をかけた。

まず、音声の照合をしていた班がやってきた。彼らは、藤本のおかげで手が空いたのだ。

次にやってきたのは、損失を出した者のリストを当たっていた班だ。

以後、続々と捜査員たちが集まってきた。天童は、彼らに言った。

「これから、尾崎亨という人物について説明する」

彼が相沢を脅迫していた人物である可能性が高いこと。故に彼が重要参考人であること。そして、マンションの立ち退きにあい、現在の所在がわからないことなどを告げた。

天童はさらに言った。

「班長のケータイに、尾崎の顔写真を送る。それを捜査員に配信してくれ。尾崎の所在確認が最優先だ。そして、これは重要なことだが、発見してもまだ接触はするな。証拠固めが先だ。いいな」

捜査員たちが「はい」とこたえる。

天童の指示が続く。

「犯行現場周辺の防犯カメラの映像の中に、尾崎がいないか調べるんだ。時間との戦いだぞ」

捜査員たちは、それぞれの持ち場に散っていった。

先ほどまで、特捜本部内は、重苦しい倦怠感に包まれていた。今はまったく違う。捜査員一人ひとりの熱意を感じる。

刑事は猟犬と同じだと、樋口は思う。獲物がいないと、まるでやる気を見せない。だが、一度獲物が見つかると、一目散に駆け出すのだ。

氏家が言った。

「綿貫は、まだ映像解析を続けているのかな……」

それを聞いて天童が言った。

「そっちの人員を増やす必要があるな。捜査員を少し回してくれ」

樋口は、その措置を取った。見ると、すでに、ホワイトボードに、尾崎亨の顔写真が張り出されていた。

そのとき、田端課長の声が聞こえた。

「声紋分析の結果はまだか？」

天童がこたえた。

「音声分析には時間がかかります。何ヵ月も待たされたという話も聞いたことがあります」

「何ヵ月も？　冗談じゃない。時間がないんだ」

「ええ、心得ています。二つの音声を比較するだけなので、今回はそれほど時間がかからないと思います。うまくすれば、今日明日には結果が出るはずです」

「待つしかないか……」

「はい」

氏家には「焦るな」と言ったものの、樋口自身も実は焦りを感じていた。被疑者の目星はついたが、容疑を確定し、所在を確認し、身柄を確保するのは、決して簡単なことではない。

いや、被疑者を絞り込めただけでも、大きな前進なのだ。樋口はそう思うことにした。

もともと樋口は、どちらかといえば悲観的なタイプだった。少しでも前向きな考え方をしようと心がけるようになったのは、警察官になってずいぶん経ってからだった。

携帯電話が振動した。秋葉からだった。

「はい、樋口です」

「亀田の身柄があるのは、東京地検で間違いないいんだな？」

「そのはずです」

「弁護士が会えないと言ってきた」

「どういうことです？」

「それは、こっちが訊きたい。東京地検に向かった弁護士が連絡を寄こした。東京地検に行っても、亀田と接見ができないんだそうだ。いったい、どうなってるんだ」

「調べてみます」

「もし、検事が故意に亀田と弁護士を会わせないのだとしたら、違法だぞ」

「わかっています。折り返し、連絡します」

「急いでくれ。こうしている間も、亀田が辛い目にあっているんだ」

「はい」

電話が切れた。樋口は、天童に今の電話の内容を告げた。

天童は、眉間にしわを刻んだ。

「連中は亀田さんを落とすために、なりふり構わないつもりだな」

氏家が言った。

「被疑者にとって、検事ほど恐ろしいものはありませんよ。自分の運命を決めてしまうのですからね」

樋口は言った。

「運命を決めるのは、裁判官だ」

「刑事裁判は、ほぼ検事の思うがままだよ」

天童が言った。

「課長に相談しよう」

天童が席を立って幹部席に向かったので、樋口はそれを追った。氏家もついてくる。

天童が事情を説明すると、田端課長が言った。

「灰谷たちは、何が何でも亀田を起訴して有罪にするつもりだな」

柴原課長が言う。

「そして、それを足がかりにして、秋葉議員に手を伸ばすつもりですね」

天童が言った。

「何とかできないものでしょうか……」

田端課長が考え込む。

「地検の別の検事に、亀田さんのことを尋ねてみよう」

天童が言う。

「地検の組織ぐるみだったら、誰に尋ねても無駄ですよ」

「そうでないことを祈るさ」

田端課長が携帯電話を取り出した。連絡先の中に、知り合いの検事の名前があるのだろう。

田端課長が、電話をかけて相手が出るのを待っている。樋口はその姿を見つめていた。

21

相手が出た様子で、田端課長が話しだした。

「ああ、ご無沙汰で、済まない。悪いがちょっと調べてもらいたいことがある……」

それから、田端課長は亀田の身柄が東京地検にあるかどうか、さらに、弁護士が会えないと言っているが、それは事実かを調べてくれるように、電話の相手に頼んだ。

しばらく会話をしてから電話を切ると、田端課長は言った。

「昔からの知り合いでな。異動でいろいろな県を回っていたが、最近東京地検に戻ってきた。名前は大久保良司《おおくぼりようじ》。俺とそれほど年が違わないからベテランだ」

天童が尋ねた。

「その大久保さんは、どうおっしゃってましたか?」

「秋葉康一の秘書が逮捕されたと聞いて驚いていたよ」

「地検内部で知られていないということでしょうか」

「検察官は、担当していない事案のことは知らないもんだよ。おそろしく忙しいんでな。その忙しい検事が、調べてくれると言っていた」

天童が難しい顔をして言った。

「地検ぐるみだとしたら、大久保さんも知っていていてとぼけている恐れもありますね」

田端課長は溜め息をついた。

「そうでないことを祈るしかないな」

樋口は、田端課長の電話の効果を期待していた。早く秋葉に報告をしたい。そのためには、大久保がちゃんと調べてくれることが必要だ。

柴原課長の電話が振動した。彼は「失礼」と言って電話に出た。

しばらく相手の話を聞いていた。やがて、「わかりました」と言うと、電話を切った。

柴原課長が一同に言った。

「二課の係員からです。秋葉康一の資金管理団体に対する相沢さんの寄付ですが、違法な点は見つかりませんでした」

田端課長が尋ねる。

「会社からの金じゃなかったんだな？」

「個人からの寄付でした」

天童が言った。

「じゃあ、相沢さんにやましいところはなかったってことです。つまり、秋葉康一が相沢さんを殺害しようとする理由はなく、従って亀田の殺害の動機もないことになります」

田端課長が言った。

「灰谷たちの拠《よ》り所がなくなったってことだ。やつらの絵はもう役に立たない」

氏家が言った。

「早くそれを言ってやりましょうよ」

柴原課長が言う。

「言っても無駄でしょうね。彼らは、自分たちが調べ直すと言って聞かないでしょう。そして、自分たちに都合のいい数字を見つけ出すはずです」

氏家がそれを受けて言った。

「あるいは改竄……」

柴原課長が淡々と言った。

「そう。かつて大阪地検特捜部が、障害者郵便制度悪用事件で、証拠物件のフロッピーディスクを改竄したことがありましたね。東京地検特捜部もやりかねません」

田端課長が言った。

「無駄かもしれんが、伝えておくべきだ」

柴原課長がうなずいた。

「そうですね。わかりました。私が灰谷検事と連絡を取りましょう」

「お願いします」

それから田端課長は、樋口たちに言った。「何としても尾崎亨を見つけろ。そして、やつの容疑を固めるんだ」

天童がこたえる。

「了解しました」

樋口たち三人は管理官席に戻った。

氏家が独り言のように言った。

「逮捕状が取れれば、指名手配できるんだがな……」

それに対して天童が言う。

「声紋分析か防犯カメラの映像か……。どちらかの結果が出たら、逮捕状も下りるだろう」

その結果を待つしかないと、樋口は思った。どんなに焦っても、証拠がないことにはどうしようもない。

灰谷たちのように、何もないところから証拠をひねり出すことなどできないのだ。

氏家が言った。

「しょうがない。こういうときは飯ですよ」

時計を見ると、午後六時二十分だ。

天童が言った。

「そうだな。食えるうちに食っておいたほうがいい」

樋口は言った。

「弁当を課長たちにも配りましょう」

自分たちだけ勝手に食事をするのは、はばかられる。警察官としては当然の気配りだ。

氏家が言った。

「俺が持っていくよ」

三人の中では氏家が一番年下なので、それも警察では普通のことだ。出入り口付近にあるコンテナに積んである仕出し弁当を二つ持って、氏家が幹部席に行く。

樋口は、弁当を三つ持って管理官席に戻った。課長たちが食事を始めたのを確認してから、樋口たちも弁当の包みを開いた。

氏家が言う。

「夕食を先に食うくらい、課長たちは何も言わないと思うぞ」

樋口がこたえる。

「何か言うかどうかじゃない。必要な気配りなんだ」

「あんたのその杓子《しやくし》定規なところ、何とかならないのか」

すると、天童が言った。

「それがヒグっちゃんのいいところなんだよ。君も見習ったほうがいい」

氏家はそれにはこたえず、ただ小さく肩をすくめ、弁当を食べはじめた。

警察官は食べるのが速い。三人ともあっと言う間に弁当を平らげた。課長たちも食事を終えたようだ。氏家がそのプラスチックの器を下げにいったとき、綿貫係長が駆け込んできた。

「見つけました。防犯ビデオに、尾崎亨が映っていました」

天童と樋口は、同時に立ち上がっていた。

田端課長が言った。

「詳しく説明してくれ」

綿貫係長が田端課長のもとに行ったので、天童と樋口もそちらに向かった。氏家は課長の前にいる。

綿貫係長が言った。

「事件当夜、午後十一時五十分頃、現場付近を歩いている尾崎亨が確認できました」

田端課長が言う。

「間違いないんだな？」

綿貫係長が、手にしていたＡ４判の紙を幹部席のテーブルの上に置いた。防犯ビデオから作成した静止画のプリントアウトのようだ。その横に、藤本がＳＮＳで見つけた尾崎の顔写真が置かれた。

その場にいた全員が、その二枚の紙を覗き込んだ。

田端課長が、柴原課長に尋ねる。

「どうだろう。同一人物かな……」

「そう見えますね」

綿貫係長が言った。

「間違いありません。映像解析の訓練を受けた捜査員が断言しています」

樋口は言った。

「耳と顎に特徴があります。同一人物と見ていいでしょう」

田端課長が言った。

「よし、では逮捕状を請求する。疎明資料を用意してくれ」

綿貫係長がこたえる。

「了解しました」

氏家が言った。

「脅迫者の電話の声と、尾崎亨の苦情電話の声をコピーして持ってきます」

田端課長がうなずいて言った。

「尾崎が『四つ葉ファイナンス』で多額の損失を出しているという資料も頼む」

天童が「了解です」とこたえた。

氏家と綿貫は作業に取りかかるために、すぐに別室に向かった。樋口と天童は管理官席に戻り、尾崎の損失の書類の準備をした。

それらの資料がすべて田端課長のもとに届けられたのが、午後七時十分頃のことだった。田端課長が言った。

「では、これから逮捕状を請求してくる」

柴原課長が驚いた顔で言った。

「課長自らが行くことはないでしょう。誰かに行かせればいい」

逮捕状は警部以上であれば請求権がある。樋口も柴原課長と同じことを思い、言った。

「私が行きましょうか」

田端課長が言った。

「いや、課長が行ったほうが話が早い。俺なら公用車を使える。それに、ちょっと外の空気を吸いたいしな」

田端課長はすでに腰を上げていた。

管理官席に戻った天童は、係長たちに言った。

「尾崎の足取りはまだつかめないんだな」

樋口はこたえた。

「報告はありません」

天童が知らないことを、係長たちが知っているはずがない。だが、天童は言わずにはいられないのだ。

その気持ちがわかるから、樋口はすぐにこたえた。天童はうなずいたきり、何も言わなかった。

氏家が言った。

「そういえば、亀田の弁護士はどうなったんだ？」

「あれ以来、知らせがないな」

綿貫係長が尋ねた。

「亀田の弁護士？」

亀田の身柄が東京地検にあるらしいが、弁護士が接見できずにいると、樋口は説明した。

話を聞いた綿貫係長が言った。

「被疑者と弁護士を会わせないのはまずいんじゃないですか。後で問題になりますよ」

氏家が言った。

「灰谷たちは、平気なんだろうな。もし問題になっても、もみ消す自信があるんじゃないか」

綿貫係長が、驚いた顔で氏家に尋ねる。

「どうして平気なんですか？　何人かのクビが飛ぶかもしれないのに……」

「亀田を落とせればいい。彼らはそう考えているに違いない。やつら、捨て身なんだよ」

亀田が自白すれば、すぐに起訴に持ち込める。そうなれば、亀田を有罪にすることはたやすい。灰谷たちはそう考えているに違いない。

樋口は、不安になってきた。

どんなに気丈な人物でも、長時間司法機関に取り調べを受けるのは、神経をすり減らすものだ。

警察官である自分が捕まっても、尋問を受けるのはきついだろうと、樋口は思った。誰も助けに来ない。もし、亀田がそのように感じているとしたら、危険だ。

人間は、助かる希望がある限り、生きていける。だが、無実なのに逮捕され、弁護士にも会わせてもらえず、検事たちに責められつづけたら、頭がおかしくなっても仕方がない。

そういう人たちが、これまで嘘の自白をして、罪を着せられてきたのだ。亀田がそうならないことを、再び樋口は祈った。

午後八時頃、小椋と藤本のコンビが戻ってきた。彼らは、少々興奮した様子だった。

管理官席にやってくると、小椋が天童に言った。

「防犯カメラに尾崎が映っていました」

今度はちゃんと、樋口にではなく天童に報告をした。樋口はほっとした。

天童が言った。

「それは、綿貫係長が報告してくれた映像のことか?」

「え……?」

小椋は何を言われたのかわからない様子で天童の顔を見た。

その質問にこたえたのは、綿貫係長だった。

「いや、別の映像ですね。彼らとは別の班ですから」

天童はあらためて小椋に尋ねた。

「どんな映像だ?」

「町内会で取り付けた防犯カメラで、コインパーキングが映っていました。そのコインパーキングに、尾崎が現れたんです」

「つまり……」

氏家が言う。「尾崎は車に乗っていたということですか?」

相沢を何度も刺したのが尾崎だとしたら、そうとうに返り血を浴びているはずだ。現場を離れるのに電車を使ったというのは考えにくい。

徒歩だとしても、血まみれの姿を目撃される恐れがあった。つまり、車を利用していたことは充分に考えられる。

小椋がこたえた。

「車から降りてくるところと、車に乗り込むところが映っているんです。車から降りたのが、事件の夜の十一時頃。車に乗り込んだのが、十一時五十五分……」

綿貫が言った。

「我々が調べた現場近くの防犯カメラに、尾崎らしい人物が映っていたのが十一時五十分です。その五分後に車に乗ったということですね」

樋口は小椋に尋ねた。

「着衣に変化はありましたか？」

「それなんですよ」

小椋が言った。「気づいたのは、藤本なんで、本人から説明させますよ」

促されて藤本が言った。

「車から降りてきたときと、乗り込むときと、同じ服を着ているんですが、違いが見て取れるんです。乗り込むときには全体に黒っぽく見えます」

小椋が言った。

「夜の映像ですし、モノクロなんで、自分にははっきりわからないんですが、女性は衣類に敏感ですから……」

樋口は藤本に尋ねた。

「黒っぽく見える？」

「はい。特に体の前面が……」

樋口は誘導尋問にならないように、慎重に尋ねた。

「それは、何かの染みがついたような状態か？」

藤本のこたえも慎重だった。

「はい。大量の塗料などが付着したら、あのように見えると思います」

氏家が言った。

「返り血だな」

「だから……」

樋口は言った。「予断を避けるために、俺たちは言い方に気をつけていたんだ」

「まどろっこしいんだよ。決定的な映像だろう」

小椋が言った。

「さらに、尾崎が乗り込んだ車のナンバーも何とか見て取れました。画像が粗くて、四桁の番号しか確認できなかったんですが……」

それを聞いた天童が言った。

「Nシステムでヒットするかどうかやってみてくれ」

小椋がこたえた。

「すでに手配しました」

天童は立ち上がり、小椋と藤本に言った。

「来てくれ。柴原課長に報告する」

樋口も彼らについていった。

小椋と藤本の話を聞くと、柴原課長は言った。

「それは朗報ですね。Nシステムの結果に期待しましょう。うまくすれば、田端課長が戻る頃には、被疑者の所在が確認されているかもしれません」

柴原課長は、かなり楽観的な様子だ。管理職が悲観的なのよりはずっといいと、樋口は思った。

柴原課長が続けて言った。

「ああ、ようやく灰谷検事と連絡が取れました。寄付金の件を伝えたら、案の定、自分たちで調べ直すと言ってきました」

天童が言う。

「……さらに調べが必要ということは、まだ亀田さんは自白していないということですね」

「そのようですね。弁護士も接見できたようです」

それを聞いて、樋口は言った。

「では、亀田さんも弁護士の助けを得られて、自白する恐れが減ったということですね？」

「そうですね」

柴原課長が言った。「少しは時間が稼げたというところでしょうか」

天童が言った。

「尾崎の確保も時間の問題です」

柴原課長がそれにこたえる。

「そう。時間が問題なんです。灰谷たちが次にどういう手を打ってくるかわからないのです。我々に残された時間はそう多くはありません」

樋口たちは、その言葉にうなずいた。

22

午後八時十分頃、田端課長が戻ってきた。

「逮捕状だ。その後、進展は？」

天童が令状を受け取りに行く。その間、柴原課長が防犯カメラの件を田端課長に知らせたようだった。

田端課長が天童に言った。

「Nシステムの結果は？」

「まだです」

「声紋分析の結果もまだなんだな？」

「はい」

「待つしかないか……」

それからほどなく、小椋の電話が振動した。彼は電話に出ると、すぐに大声で報告した。

「Nシステム、ヒットしました。当該ナンバーの車両は、世田谷区代沢から茶沢通りを南下、三軒茶屋を経て、国道２４６を渋谷方面に向かいました」

天童が同様の大声で尋ねる。

「その後は？」

「首都高速に入り、常磐道方面に向かったということです」

「常磐道？」

天童が聞き返すと、藤本が言った。

「尾崎は茨城出身です」

藤本は、電話で話す声を聞いて、北関東出身ではないかと言っていたが、やはりそのとおりだったということだ。

天童が言った。

「縁者がいるのか？」

藤本がこたえる。

「水戸に実家があることを確認しています」

「捜査員をそこに向かわせろ」

その会話を聞いていた田端課長が言った。

「茨城県警に連絡しておく。仁義を通せば助っ人を出してくれるだろう」

小椋が樋口に言った。

「うちの班の動けそうなやつを連れて、茨城に行ってきます」

「そうしてくれ」

天童が言った。

「逮捕状を持っていってくれ。尾崎は、茨城にいる可能性が最も高い」

「了解しました」

逮捕状を受け取ると小椋は、藤本とともに足早に捜査本部を出ていった。

それまで停滞していた捜査が動きだし、加速を始めた。重たい機関車がゆっくりと発進するのに似ていると、樋口は思った。動きだすまでは時間がかかるが、いったん勢いがつくと止まらない。

午後八時半頃、「気をつけ」の号令がかかった。見ると、戸口に刑事部長の姿がある。

樋口は何事だろうと思いながら立ち上がった。

二人の課長も起立している。刑事部長は不機嫌そうな顔で正面を横切り、席に着いた。幹部席での会話が聞こえてくる。

田端課長が刑事部長に尋ねた。

「こんな時間にどうなさいました?」

「検事正から連絡があった。この特捜本部にやってくるそうだ」

検事正は東京地検のトップだ。樋口と氏家は顔を見合わせていた。

田端課長が尋ねた。

「検事正が……? いったい、何の用で……」

「知らんよ」

刑事部長はそう言ったが、二人の課長の表情は曇っていた。二人とも、検事正が何をしに来るのかだいたい想像がついているのだ。

氏家が樋口に、そっと言った。

「灰谷たちが書いたシナリオをゴリ押しするつもりだろうな。被疑者は亀田で決まり。それを言いに来るんだ」

「与党の選対委員長と親しいんだったな……」

「ああ。同郷で同窓生。かなり太いつながりだ。検事正の名前は高杉利夫《たかすぎとしお》。やり手だそうだ」

課長たちも同様のことを考えているのだ。

それからしばらくすると、戸口に背広姿の男たちが二人現れた。そのうちの一人が高杉検事正だろう。

東京地検のトップともなれば、警視総監でないとバランスが取れないのではないかと樋口は思った。

幹部席にやってきた二人を見て、田端課長が言った。

「大久保……」

二人のうちの一人が大久保検事なのだ。

「やあ、田端……」

つまり、もう一人が検事正というわけだ。彼が言った。

「東京地検の高杉といいます」

刑事部長が言う。

「検事正ですね」

「そうです」

大久保検事と高杉検事正がいっしょにやってきたということは、やはり今回のことは組織ぐるみだったということだろうか。

田端課長から調査の依頼があったことを、大久保検事は高杉検事正に報告したのだ。

樋口は唇を咬《か》んだ。

せっかく、尾崎の所在をつかめそうなのに、地検が組織ぐるみで圧力をかけてきては、抵抗しきれないだろう。

管理官席は沈黙していた。

幹部席でも口を開く者はいない。誰もが、高杉検事正の言葉を待っている。

もし無茶な要求があったら、刑事部長はそれを突っぱねることができるだろうか。樋口は懸念していた。

やがて、高杉検事正が言った。

「お詫びに参りました」

刑事部長は何を言われたのかわからないような顔で、高杉検事正を見つめている。

田端課長と柴原課長は顔を見合わせた。

「は……?」

刑事部長が言った。「それは、どういうことでしょう?」

高杉検事正は、おもむろに腰を折った。幹部席に向かって深々と頭を下げたのだ。大久保検事もそれにならった。

頭を下げたまま高杉検事正が言う。

「このとおりです。まことに申し訳ないことをいたしました」

「頭をお上げください。何を詫びるとおっしゃるのです？」

それでも高杉検事正は頭を上げない。大久保検事も腰を折ったままだ。

「このたびは、うちの特捜部の者がたいへんご迷惑をおかけしました」

刑事部長が二人の課長のほうを見た。それを受けて、柴原課長が尋ねた。

「それは、灰谷検事と荒木検事のことですか？」

高杉検事正と大久保検事が顔を上げた。

高杉検事正が言った。

「斎藤副総監から連絡があり、初めて事情を知りました。まさかとは思っていましたが、大久保が調べたところ、いろいろと好ましくない行為が明らかになったのです」

刑事部長はぽかんとした顔をしていたが、やがて気づいたように言った。

「ここではナンですので、どこか別のところでお話をうかがいましょう」

すると、高杉検事正が首を横に振って言った。

「いや、ここでけっこうです。ここにおられる皆さんにお話を聞いていただきたい」

刑事部長はどうしていいかわからない様子だった。

田端課長が言った。

「亀田さんを被疑者として起訴するという方針を撤回されたと理解してよろしいのですね」

高杉検事正は、その言葉にうなずいた。

「そのとおりです」

刑事部長が苛立った様子で言った。

「検事正に椅子をお持ちしないか」

高杉検事正が言う。

「いいえ、このままでけっこうです。私はお詫びに参ったのですから……」

刑事部長も二人の課長も立ったままだ。成り行きで、管理官席の樋口たちも、全員立ったままだった。もちろん、その他の捜査員たちも全員起立している。

樋口は、訊きたいことが山ほどあった。他の者たちも同様だろう。だが、管理官や係長が口を出せる場面ではない。

ここは幹部席の部長や課長に任せるしかなかった。

高杉検事正が言った。

「まことにお恥ずかしい話ですが、秋葉議員の秘書の方の逮捕はすぐに取り消し、できるだけ早い時期に釈放する予定です。弁護士の方にもそうお話ししています」

田端課長がさらに質問する。

「亀田さんを逮捕したのは、秋葉議員を失脚させるためだったのですね？」

「灰谷たちがそう考えたのは間違いないようです」

「それはなぜなのでしょう？」

「まことにお恥ずかしい話なのですが、私がもともとの原因かもしれません」

「検事正が……？」

「上村弘文《かみむらひろふみ》と私は、同郷で出身大学も同じなので、親しくさせてもらっています」

上村弘文は、与党の選挙対策委員長だ。

高杉検事正の話が続いた。

「今回の選挙では、大きな番狂わせがありました。東京五区です。上村はその結果について、ひじょうに悔しがっていました。私は何気なくその話を部下たちにしてしまったのです。そして、灰谷と荒木が勘違いをしました」

田端課長がさらに尋ねる。

「その勘違いというのは、具体的にはどういうことでしょう？」

「遠回しに、何とかしろと言っているのだと思ったのでしょう。私の不用意な言葉に過剰に反応してしまったということです」

「過剰に反応……」

柴原課長が言った。「要するに、点数を稼ぎたかったのでしょう。忖度《そんたく》というやつですね」

「灰谷は仕事熱心な検事です。自信家でもあります。それが裏目に出たということだと思います。つまり、自分なら何でもできると思い込んだわけです」

柴原課長がさらに言った。

「まあ、私も偉そうなことは言えません。灰谷さんたちの片棒を担いだ恰好ですからね」

「秋葉議員の事務所への家宅捜索のことですね。それが適正だったかどうかも、今後検討するつもりです」

「お気遣いなく。我々は疑いがあれば捜査します。通常の職務ですから……」

田端課長が言った。

「もし、亀田さんが起訴されたらそれで捜査は終了。本当の被疑者が野放しになるところでした」

高杉検事正がそれにこたえる。

「灰谷たちが捜査の妨害をしたことについては、重ねてお詫びを申し上げます。秋葉議員の秘書の方が起訴されることはありません。本来の捜査を続けてください」

「灰谷検事と荒木検事はどうなるのでしょう？」

「検事として、決してやってはいけないことをやったのです。それ相当の処分を受けることになります」

懲戒免職だろう。免職になる前に、辞職しようとするかもしれないが、それを認めるのは生ぬるいと、樋口は思った。

刑事部長がおもむろに言った。

「今回のことが、東京地検の組織ぐるみでなくて、本当によかったと思います」

高杉検事正は厳しい表情で言った。

「検事の誇りにかけて、そのようなことはあり得ないと申しておきます。私も責任を取るつもりです」

幹部席は沈黙に包まれた。

悪いのは高杉検事正ではない。だが、責任を問われるのは必至だ。それがわかっているので、彼にかける言葉がないのだ。

「さて、これ以上捜査の邪魔をするわけにはいきません」

高杉検事正が言った。「これで失礼します」

刑事部長が言った。

「わざわざご足労いただき、恐縮です」

高杉検事正は、その言葉には何もこたえず、もう一度深々と礼をすると、その場を去っていった。

大久保検事がその後に続いたが、歩き出す前に、田端課長に向かって力強くうなずきかけたのが、樋口の印象に残った。

田端課長もうなずきかえしていた。

捜査本部内では、誰もが立ち尽くしたまま、検事正たちが出ていった戸口を見つめていた。

ポケットの携帯電話が振動して、樋口は我に返った。電話は秋葉からだった。

「はい、樋口です」

「弁護士から連絡があった。亀田がじきに釈放されるそうだ」

「我々は今しがた、検事正から説明を受けました。どうやら今回のことは、灰谷検事たちの暴走だったようです」

「暴走で済まされる問題か」

「相当に厳しい処分が下されることと思います。検事正も責任を取ると言っていました」

「地検全体が選挙の結果に関与しようとした……。そういうことではないのだな？」

「違います。二人の検事が勘違いをして暴走したのです」

「その二人がちゃんと処分を受けるというのなら、こちらも矛を収めるが……」

「そうしていただけると、我々も助かります」

しばらく無言の間があった。やがて、秋葉は言った。

「わかった。そうしよう」

「賢明なご判断だと思います」

「ところで、娘さんはいつ来てくれるんだ？」

「もう先生に嫌疑が及ぶことはありませんので、いつでもうかがえると思いますが……」

「だから、その先生というのはやめてくれと言ってるだろう」

「すいません」

「できるだけ早く来てくれるように伝えてくれ。常に人手不足なんだ。じゃあ……」

電話が切れた。

すぐにでも照美に連絡しようかと思った。だが、被疑者確保まで待ったほうがいいと考え直した。

気づくと、捜査本部内が活発に動きはじめていた。幹部席では、田端課長が刑事部長にあれこれと説明をしている様子だ。捜査の進展について話しているのだろう。

管理官席もにわかに忙しくなってきた。捜査員からの連絡が増えたのだ。

天童が言った。

「当該車両が、水戸インターチェンジを通過したことが確認された」

樋口が応じる。

「尾崎の実家は水戸市内だということでしたね」

「そこで身柄を押さえられるといいんだが……」

氏家が言った。

「茨城県警に協力を求めるのはいいんですが、へたに触らないでほしいですね。どうしてもよその事案への対応は雑になりますから……」

「祈るしかないな」

天童が言う。「そういうことを全部ひっくるめてうまく回らないと、身柄確保はできない」

「祈る？　神頼みですか？」

「人事を尽くして天命を待つんだよ」

天童の言葉どおり、やるべきことをすべてやっても、物事がうまく運ぶとは限らない。不測の事態は起きるものだ。

運不運というのは、意外と大きな要素であることを、樋口も知っている。

現場の捜査員たちは必死だ。できる限りのことをやっているのだ。樋口たちは、ただ待つしかない。そのときの気持ちは祈りに似ている。


それまで停滞していた時間が早く過ぎていくように感じられた。

複数の場所から入手した防犯カメラの映像から、次々と尾崎の姿が確認された。それが物証として蓄積されていく。

こうした証拠固めをしておくことが、重要だ。被疑者を確保して捜査が終わりではない。送検できるだけの材料をそろえておかなければならないのだ。

捜査本部に残っている者は、そうした作業に追われていた。

水戸に向かった捜査員たちからは、定期的に連絡が入る。捜査員たちは、東京午後八時五十三分発の特急で水戸に向かった。

午後十時十分を少し過ぎた頃、捜査員たちから水戸に到着したという連絡が入った。すぐに尾崎の実家に向かうという。

その知らせを受けて、田端課長が言った。

「くれぐれもまだ触るなと厳命しろ。気づかれるとぶち壊しだ」

天童がこたえた。

「了解しました。実家の周囲で張り込みをさせます」

それからさらに時間が経過した。

刑事部長の苛立たしげな声が聞こえてくる。

「どうなった？　尾崎は実家に戻っているのか」

意味のない質問だと、樋口は思った。

田端課長が小声で何事か説明している。まだ確認されていないと言っているのだろう。わかりきったことだが、いちいち説明しなければならない。

捜査本部に部長がいると、意思決定が早いという利点があるが、こうした面倒な面があるのは否定できない。

「尾崎の実家に駐まっている車のナンバーを確認」との連絡が入った。それは間違いなく尾崎が現場近くから乗った車のナンバーだった。

「尾崎は実家に潜伏中の模様です」

天童が告げると、田端課長が言った。

「尾崎の姿を確認したか？」

「いえ、それはまだです」

「確認するまで動くな」

「了解です」

天童は、現場の捜査員たちに、「何とか尾崎の所在を確認しろ」と伝えた。

氏家が言った。

「どうせ、夜明けまでは踏み込むこともできないんだよな」

樋口はうなずいた。

「それまでに、尾崎の姿を確認できるといいんだが……」

夜が更けてきたが、誰も疲れの色を見せない。机上の電話が鳴るたびに受話器をひったくるように取り、あるいは携帯電話を耳に当てた。

氏家が言ったとおり、夜明けまでは動きはない。樋口はそう思っていた。課長たちは、このまま捜査員たちと夜を明かすつもりだろう。刑事部長はどうなのだろう。

樋口がそんなことを考えていると、電話を取った係員が、立ち上がった。

「繰り返してくれ。間違いないか?」

誰もが何事かとその係員を見た。

彼は言った。

「確保です。尾崎の身柄を確保」

23

「身柄はどこだ？」

天童が大声で尋ねた。受話器を片手に持った係員が告げる。

「いったん、水戸警察署に運ぶそうです」

「明日一番で、こっちへ移送するように言え」

「了解しました」

天童が樋口に言った。

「こっちに着き次第、取り調べだ。誰にやらせる？」

「私がやりましょう」

「他の者に任せたらどうだ？」

「いえ、捜査員たちは皆、徹夜で駆け回っています。特捜本部に残っていた私たちが引き受けるべきだと思います」

氏家が言った。

「つくづく、お利口さんだな……」

「利口なら、もっと楽をするさ」

「なるほど、そうかもしれない。じゃあ、俺も付き合うとするか」

綿貫が言う。

「係長が二人で取り調べですか。じゃあ、自分も何かやらなきゃならないですね。記録係でもやりますか」

氏家が言う。

「記録係は俺がやるよ。あんたは、ここで天童さんを助けてやってくれ」

幹部席から、刑事部長の声が聞こえてきた。

「被疑者確保となれば、あとは君たちに任せてだいじょうぶだな」

それに田端課長がこたえる。

「もちろんです。お任せください」

刑事部長は満足げにうなずくと、立ち上がった。

二人の課長が立ち上がるのを見て、樋口も立ち上がった。やがて、特捜本部内の全員が起立していた。

刑事部長は悠々と特捜本部を出ていった。

被疑者の身柄が到着した後も、やることは山ほどある。二人の課長はそれをよく知っている。だが、彼らは刑事部長に「残れ」とは言えないのだ。また、残ってもらう必要もないと思っているはずだ。

あとは現場仕事のみだ。捜査員たちは、送検に向けた疎明資料作りを始めている。その指揮を執っているのは天童だ。

逮捕後、四十八時間以内に送検しなければならない。被疑者の身柄をすぐに運んでこられなければ、それだけ取り調べの時間が短くなるということだ。

おそらく水戸署で、誰かが取り調べを始めているだろう。樋口はそれを確認したくて、小椋に電話してみた。

なかなか電話に出ない。切ろうかと思ったとき、ようやく小椋の声が聞こえてきた。

「係長、何でしょう？」

「尾崎の身柄を水戸署に運んだということですが……」

「ええ、そうです」

「取り調べは始めているのですか？」

「やっています。しかし、今のところ、何もしゃべりませんね」

「実家に逃げ帰っていたのだから、申し開きはできないでしょう」

「車を押収しました。シートに血液が付着していたのが、決定的な証拠ですね。鑑識作業は水戸署にやってもらいますか？」

「ちょっと待ってください」

樋口は電話を離して、天童に尋ねた。「車に血痕があったということです。鑑識作業はどうします？」

「茨城県警に頼もう。早く結果が欲しい。ＤＮＡ等の詳細な鑑定は警視庁でやる」

樋口はそれを小椋に伝えた。

「わかりました」

小椋が言った。「至急手配します」

「明日の移送まで、少しでも捜査員たちを休ませてください」

「ええ、そうします」

「オグさん。あんたもですよ」

「ご心配なく」

樋口は電話を切った。そして、天童に言った。

「水戸署で、うちの捜査員が取り調べを始めたようです。まだ、何もしゃべらないということですが……」

「車から血痕が出たんだ。落ちるのは時間の問題だろう。課長に報告してくる」

天童が、幹部席に行く。そして、二人の課長に今の樋口からの報告を伝えている様子だ。

田端課長の大きな声が聞こえてきた。

「車から血痕か。DNAが被害者の相沢さんと一致すれば、百パーセント決まりだな」

天童がうなずいている。

課長たちは帰らないつもりだろうか。被疑者の身柄が届くのは明日だ。それまで、帰宅するかどこかで休んでほしいと、樋口は思った。

課長が休まないと、他の捜査員も休めない。

田端課長はいざ知らず、柴原課長はもはや特捜本部に詰めている必要はないはずだ。

だが、柴原課長は帰宅しようとしない。

彼に対する評価も誤っていたようだと、樋口は考えていた。キャリアだから刑事部長の腰巾着くらいにしか思っていなかった。

彼は少々癖のある人物だが、間違いなく特捜本部の一員として、捜査一課を助けてくれた。彼もまた骨のある警察官だった。

樋口はそれを単純に嬉しく思った。その行動には、彼なりの思惑があるのかもしれないが、それをあれこれ考える必要はない。こういうことは単純でいい。樋口はそう思った。


午前零時三十分頃、樋口の電話が振動した。小椋からだった。

「どうしました？」

「取り調べをいったん、休止します。朝一番の常磐線の特急で、東京に向かいますので……」

「何時の列車です？」

「水戸発五時四十五分、上野着が七時二十三分です。各停でもっと早く着く列車もあるのですが、移送管理の面から特急を選びました」

「了解しました。上野に車両を配備します」

「お願いします。では……」

電話を切ると、樋口は天童に報告した。

話を聞き終えた天童が言った。

「わかった。車両を手配してくれ」

それを聞いた綿貫がすぐに捜査員に指示した。

「さて、被疑者の身柄到着は、早くても八時過ぎということになるな……。それまで、課長に休んでもらおうか」

「そうですね」

そうこたえながら、もしかしたら田端課長は休もうとしないのではないかと、樋口は思っていた。

田端課長はそういう人だ。

天童が幹部席に行き、課長たちに話をすると、予想に反して、彼らは席を立った。

田端課長が捜査員たちに言う。

「ああ、気をつけはいい。作業を続けてくれ。俺たちはちょっと席を外すから……」

どこか申し訳なさそうな態度に見える。

二人の課長が特捜本部を出ていくと、氏家が言った。

「やれやれ、これで俺たちもちょっとは休めるな」

担当している書類が上がった捜査員から順に休憩に入った。その書類が、管理官席に集められる。天童のパソコンにファイルを送ってくる捜査員もいる。

その管理官席の四人も、交代で仮眠を取った。被疑者確保後は、さすがに緊張も解けた。すると、それまで意識しなかった疲労がどっと押し寄せてくる。

尾崎の身柄が到着したら、すぐに取り調べを始めなければならない。そのために体力と頭脳の働きを、少しでも回復しておかなければならない。

高揚感、達成感、安堵……。それらが渾然となった特捜本部の雰囲気を抜けだし、樋口は柔道場の蒲団にもぐり込んで二時間ほど眠った。

午前七時半頃、上野駅で待機していた捜査員から、時間どおり列車が到着し、尾崎を車に乗せたという連絡が入った。

天童が言った。

「ヒグっちゃん。取調室を用意してくれ」

「了解です」

午前八時頃、田端課長と柴原課長が相次いで幹部席に戻ってきた。天童がすぐに報告に行く。

そして、午前八時二十分頃、尾崎の身柄が到着したという知らせが届いた。

「行ってくれ」

天童の言葉を受けて、樋口は氏家とともに、取調室に向かった。

尾崎亨は、疲れ果てた様子だった。昨夜はほとんど寝ていないのかもしれない。

どちらかというと小柄な体格だが、今はやつれて、いっそう小柄に見える。ただ肉体的に疲労しているというだけではない。生きることに疲れ果てているようだ。

頬はこけて額や眉間には深いしわが刻まれている。茶色のセーターを着ていた。実家で着替えたのだろう。

「取り調べを始めます。捜査一課の樋口と言います。健康上の不安があったら、言ってください」

背後で氏家が、小さく溜め息をつくのがわかった。そんなことを言う必要はない、と思っているのだ。

尾崎はうつむいたまま、何も言わない。水戸署では何も言わなかったということだ。このまま黙秘を続けるつもりかもしれないと、樋口は思った。

「相沢和史さんをご存じですね？」

返事はない。身動きすらしなかった。

そう簡単に口を開いてはくれないと、樋口は覚悟していた。

「四月二十一日の午後十一時頃、世田谷区代沢五丁目付近にあった防犯カメラに、あなたが映っていたのです。そのとき、そこで何をなさっていたのか、覚えていますか？」

尾崎は何も言わない。

おそらく、こうした事実については水戸署で追及を受けているはずだ。だが、繰り返し質問を投げかけることが重要なのだ。

言い逃れはできないのだと、わからせる必要がある。

樋口はさらに言った。

「世田谷区代沢五丁目は、相沢和史さんの自宅がある場所です。相沢さんが殺害されたのはご存じですね。そして、四月二十一日の午後十一時頃というのは、犯行があったと思われる時刻なのです。さらに正確に言うと、午後十一時から午前一時の間に犯行があったと見られているのです」

尾崎は、じっと目の前の灰色の机を見つめている。だが、実際には何も見えていないのだろうと、樋口は思った。

心理的な殻を作って、その中に閉じこもっているのだ。その殻を破らなければならない。取り調べをする捜査員は、被疑者と人間関係を構築しなければならないと言われるのは、そのためだ。

世間話をしたり、身の上話を始める捜査員もいる。だが、樋口はそういう形で被疑者と心を通わせるのは苦手だった。

「あなたは、相沢さんの会社に何度か電話をかけていますね？『四つ葉ファイナンス』です。運用するためにお金を預けていたのですね？」

ごくわずかだが、尾崎に変化があった。肩に力が入ったように見えた。机で隠れて見えないが、おそらく拳を握ったのだろうと思った。

ここがツボだと、樋口は思った。尾崎は動機について話したがっている。

どうして自分は相沢を殺さなければならなかったのか。その理由について、誰かに聞いてほしいと思っているのだ。

ドアをノックする音が聞こえた。樋口は動かなかった。重要な局面だと思ったのだ。

氏家が席を立ってドアを開けた。外の誰かと何事かやり取りしている。やがてドアが閉まる。

氏家がやってきて小声で言った。

「声紋分析の結果が出た。同一人物の声だ」

そして彼は、机の上にパソコンを置いた。デスクトップに音声ファイルが二つ入っているのが見えている。樋口は、それを再生した。尾崎が『四つ葉ファイナンス』にかけた電話の音声だ。最初は問い合わせ、次が脅迫の電話だ。

「これはあなたの声に間違いありませんね」

こたえはない。

「あなたは、『四つ葉ファイナンス』にお金を預けることで、大きな損失を出した……。そうですね？」

尾崎の体に、さらに力が入るのが見えた。

「あなたが車に乗り降りするところも、防犯カメラに映っていたのです。我々は、車のナンバーを追跡して、あなたの居場所を突きとめました。あなたは、現場から実家に向かいましたね。もしかしたら、捕まることを覚悟していたのではないですか？」

尾崎の呼吸が速くなってきた。もう少しで落ちる。樋口は確信した。

「あなたの車に血液が付着していました。これから鑑定しますが、被害者とＤＮＡが一致したら、容疑は確実です。防犯カメラの映像、電話の声の声紋分析、そして、血液のＤＮＡ……。

これらの証拠がそろえば、自白なしでも送検できます。しかし、私はあなたから話を聞きたい。どうして、相沢さんを殺害しなければならなかったのか、を……」

尾崎の呼吸がさらに速くなる。蒼白だった顔面に赤みが差してくる。寝不足のせいか眼が充血していたが、さらに赤くなってきた。

「殺さなければならない理由があったはずです。私はそれが聞きたいのです」

尾崎が眼を上げた。樋口の顔を見つめる。

次の瞬間、涙と鼻水が流れ出した。刑事なら誰でも知っている。被疑者が落ちた瞬間だ。

尾崎が、嗚咽まじりに言った。

「あいつは、俺からすべてを奪ったんだ……」

樋口は相槌《あいづち》を打った。

「すべてを奪った……」

「俺は、試しに五百万円ばかり、あいつの会社に預けてみた。それが、あっと言う間に六百万円になった……。それで、俺は『四つ葉ファイナンス』を信用して、ほぼ全財産を預けた。それで、老後の資金を増やそうと思っていたんだ。それが……」

「運用に失敗したというわけですね？」

「大幅に元本を割っちまった。これまで懸命に俺が稼いだ金だ。『四つ葉ファイナンス』のやつは、さらに追加で投資をすれば、必ず利益が出るなんて言いやがった。だが、結果は悲惨だった」

地道に貯蓄をすれば、元本を割ることはない。大きな損失が出たということは、リスクを覚悟で投機をしたということだ。

自業自得なのだが、損失を被《こうむ》った者は決してそうは考えない。運用を依頼した相手を怨むわけだ。

樋口は言った。

「相沢さんは、あなたの財産を奪った。だから、殺したのですね」

尾崎がこたえた。

「殺した。絶対に生かしておくわけにはいかなかった。あいつを生かしておいたら、俺みたいな被害者がたくさん出ることになる」

すべてを奪われたと、彼は言ったが、預けた金がゼロになったわけではないだろう。大きく元本割れしたとはいえ、手元に幾ばくかの金は残ったはずだ。

地道に働けば、その損失を取り戻せたかもしれない。いや、取り戻せなくても暮らしていけたはずだ。

彼の中で歯車が狂ってしまったのだ。でなければ、殺人などという割に合わないことを実行するはずがないのだ。

だが、世の中から殺人はなくならない。人の中の歯車はたやすく狂ってしまうらしい。

樋口は言った。

「相沢さんを殺害した経緯を、詳しく教えてください」

尾崎は素直に話しはじめた。背後で、氏家がパソコンのキーを叩く音が聞こえる。

あの夜、尾崎は相沢の自宅を訪ねた。自宅から包丁を持ちだしていた。脅しに使うつもりだったという。

留守だったので、待ち伏せをした。そして、午後十一時半頃のことだ。相沢が車で帰宅した。車から降りてきた相沢に声を掛けたが、相手にされなかった。それで、かっとなって持参した包丁で刺したのだという。

一度刺したら、歯止めが利かなくなり、何度も刺してしまったと語った。

その後は無我夢中だったという。駐車場の車に戻り、そのまま水戸の実家を目指した。水戸に行くことは、当初から予定していたわけではなかったようだ。

逃げなければならないと思い、咄嗟に頭に浮かんだのが実家だったという。

樋口は尋ねた。

「殺害に使った包丁はどうしました？」

「友部《ともべ》サービスエリアで、ゴミ箱に捨てました」

氏家が、凶器の捜索を手配する声が聞こえた。取調室内の警電を使ったのだ。

送検・起訴には充分の供述が取れた。だが、もう少し話を聞きたくて、樋口は言った。

「何か、言いたいことはありますか？」

尾崎は、しばらく考えてから言った。

「相沢のようなやつを生かしておくと、世のためにならないと思っていた……。だから、今でも間違ったことをしたとは思ってない。ただ……」

「ただ、何です？」

「なぜかひどく後味が悪いんだ。ちっとも気が晴れない」

樋口は言った。

「人を殺すというのは、そういうことです」

言いながら、真夜中に電車に揺られていた相沢の年老いた両親の姿を思い出していた。あの老夫婦をあんなに傷つける権利など、誰にもないと、樋口は思った。


「落ちました」

特捜本部でそう伝えると、田端課長が言った。

「こっちへ来て、報告してくれ」

幹部席には刑事部長の姿もあった。尾崎の身柄が特捜本部に届いたと聞いてやってきたのだろう。

管理官席の天童たちも近づいてきた。

樋口は、刑事部長に向かって今しがた聞いた尾崎の供述について報告した。

「供述録取書は？」

「作成しております」

「被疑者の拇印は？」

「すぐに取れます」

「じゃあ、送検だ」

そのために捜査員たちは、昨夜からほぼ徹夜で作業を続けてきたのだ。

田端課長が言った。

「できるだけすみやかに送ります」

「みんなごくろうだったな」

刑事部長はそう言うと、立ち上がった。「では、私はこれで失礼する」

多忙な部長は、すでに事件が解決した特捜本部に居座ってなどいられないのだ。捜査員たちは起立して気をつけをしたが、それは形式的なものだと、樋口は感じた。

24

翌日、尾崎の供述どおり、友部サービスエリアに廃棄されたゴミの中から、血まみれの包丁が発見され、凶器と断定された。また、車の中から採取された血液と、相沢和史のＤＮＡが一致したという報告が届いた。

送検の手続きが済み、特捜本部が解散することになった。捜査員たちは、茶碗に日本酒を注いで乾杯をした。

綿貫が樋口と氏家に言った。

「いろいろと、勉強になりました」

樋口がこたえた。

「いつかまた、いっしょに仕事をするかもしれない。そのときはよろしく」

氏家が言う。

「まあ、樋口を見習っていれば間違いないよ。俺を見習っても、ろくなことがない」

樋口は、その場を離れて、電話をかけた。相手は照美だ。

呼び出し音五回でつながった。

「お父さん？　どうしたの？」

「事件が解決した。秋葉さんにはいろいろと迷惑をかけたが、結局、犯罪との関連はなかった。

だから、いつでもボランティアに行ける」

「秋葉さんと話をしたの？」

「した」

「どんな話？」

「そりゃあ、事件のこととか、いろいろ……」

「いろいろって？」

「だから、いろいろだよ」

「そっか。捜査のことだから話せないんだよね」

「そうだな。被疑者を確保して送検したが、公判はまだだから……」

本当は、秋葉と話したのは、捜査のことだけではない。だが、今ここで伝えられることではないと思った。

それに、樋口は早く電話を切りたいと感じていた。もちろん、照美を敬遠しているわけではない。

何というか、大げさに言うと、綱渡りをしているようなはらはらした気分なのだ。今はそうでもないが、照美は中学生から高校生にかけての時代、樋口に対してひどく反抗的だった。

その時代、照美の笑顔を見たことがないような気がする。樋口と話をするときはいつも不機嫌そうだった。

その頃の記憶が強く残っており、こうしてなごやかに話をしていても、いつ娘が不機嫌になるか気になるのだ。

当時は反抗期だった。それだけのことかもしれない。だが、娘への対応は難しい。なんだか、照れ臭くもある。

自分の娘と話をして照れ臭いというのも妙な話だが、今の気持ちを表現するのには、その言葉が最も近い気がする。

それも子供が大人になるということなのだろうか。

照美の声が聞こえてくる。

「わかった。さっそくボランティアを申し込んでみる。じゃあね」

「ちょっと待て」

「なあに？」

「秋葉議員に会いにいくときは、父さんもいっしょに行きたいんだが……」

「保護者同伴なんて恥ずかしいよ」

「そういうんじゃない。秋葉議員に会いたいんだが、きっかけがない」

「私をきっかけに使うわけ」

「ああ、申し訳ないが、そういうことだ」

「予定が合えばね。そうでしょう？　いつ事件が起きるかわからないし……」

「そうだな」

「了解よ。じゃあ」

電話が切れた。樋口は、ほっとした気分で解散間際の特捜本部に戻った。


その三日後のことだ。

氏家が捜査一課の樋口の席にやってきて言った。

「灰谷と荒木の二人が、刑事部長を訪ねてきたという話だ」

捜査二課に異動になった氏家は、時折こうして樋口の席を訪ねるようになっていた。

樋口は聞き返した。

「灰谷と荒木の二人が……？　何のために？」

「退職の挨拶だという噂だ」

「退職……？　懲戒免職だな」

「処分の前に辞職しようとしたらしいが、高杉検事正が辞職を認めず、免職にしたらしい」

樋口が期待したとおりになった。出世欲が人一倍強いがために、二人は懲戒免職となった。なんとも皮肉なものだ。

氏家の言葉が続いた。

「退職の挨拶なんて言ってるが、実際は検事正に言われて詫びを入れに来たらしいぞ」

今回の特捜本部は、さまざまな影響を残した。

田端課長と柴原課長は、すっかりお互いが気に入った様子だった。ノンキャリアとキャリアで、それまではよそよそしかった二人だが、今では親しく話をするようになったという。

一方で、刑事部長と柴原課長はキャリア同士にもかかわらず、すっかり関係が冷えてしまったようだ。噂によると、柴原課長のほうから見切りを付けたというのだが、本当かどうかはわからない。

いずれにしろ、自分には関係のないことだと樋口は思っていた。

「そうか」

樋口は言った。「二人はクビか……」

「特捜部長が更迭。高杉検事正も辞めるそうだ」

「罷免か？」

「いや、こっちは辞職だ。灰谷と荒木の二人のクビを切っておいて、自分は腹を切ったというわけだ」

「あの人には辞めてほしくなかったな」

「そうもいくまい。宮仕えなんだからな」

一般企業に比べて安定していると言われる公務員だが、常に処分を恐れている。だから、公務員は決して冒険をしなくなる。

警察官も公務員なので、その傾向があるのかもしれない。法律と規則だけ守っていればいいという警察官が増えたような気がする。

警察官が守るのは法律ではなく、正義だと、樋口は思っているが、それを人に言ったことはない。そんなことは照れ臭くて言えない。だが、樋口は本気でそう思っているのだ。

25

ある夜、帰宅すると、照美に言われた。

「今度の土曜日、秋葉さんの事務所に行くことにしたわ」

樋口は頭の中で、スケジュールをチェックした。最近、予定を覚えられなくなっている。年を取ったせいか、あるいは予定が増えたせいなのか、よくわからない。

「予定を確認してみる」

「午前十時までに事務所に行くわ。場所は自由が丘」

「一度訪ねたから、場所は知っている」

「そう」

照美との会話はそれだけだった。彼女は自室に戻り、それきりリビングルームには出てこなかった。

もっとも、樋口が帰宅したのは午後十時過ぎで、翌日も会社がある照美は、早く寝るのかもしれない。

学生時代は宵っ張りで、二時、三時まで起きていたものだが、社会人になるとそうもいかない。

さっそく手帳を取り出して予定を調べた。今のところは何も入っていない。事件さえなければ、だいじょうぶそうだ。

ダイニングテーブルで遅い夕食をとりはじめると、妻の恵子が言った。

「秋葉議員の事務所に、いっしょに行くんですって?」

「ああ。土曜日、呼び出されなければな」

「二人でどこかに出かけるなんて、珍しいことよね」

そういえば、娘と二人きりでどこかに行った記憶がほとんどない。出かけるとしたら、恵子と三人だった。

おそらく、恵子と照美は買い物などにいっしょに出かけることもあるのだろう。それだけをとっても、父親の立場は弱い。

仕事を口実に、子育てのほとんどを恵子に任せきりにしていたような気がする。それに対する負い目もあるが、恵子にそれを言ったことはない。

謝ったところでどうしようもないと思うからだ。生活を改めるつもりはない。二十四時間、いつ飛び出していくかわからない。事件が起きれば、何日も帰れないこともある。

自宅にいるときはいつも疲れ果てていた。警察官というのはそういうものだと思っている。それを責められるのなら、自分は結婚して子供を作ったりしてはいけなかったのだと思うだろう。そこまで行き着いてしまうので、なるべく考えないようにしている。

「秋葉議員と話がしたいだけだ」

「照美は喜んでいるのよ」

そう言われて、樋口は動揺した。

「まさか……。父親が同行するなんて、迷惑なだけだろう」

「まだ照美の反抗期を引きずってるの？　そうこうしているうちに、嫁に行っちゃうわよ」

樋口はさらに動揺したが、それを態度に出すまいとした。

恵子は笑い出した。

「父親って、そういうもんよね。私の父もそうだった」

「そうだな」

樋口は言った。「子供の頃の娘は無条件にかわいい。思春期の頃は扱いに困る。大人になったら妙に距離ができる」

「それでも親子なのよ」

その言葉の意味はわからないが、なぜか少しばかり救われるような気がした。

樋口はもう一度、「そうだな」と言った。


土曜日の朝、樋口は照美と秋葉議員の事務所に向かった。

駅まで歩き、電車に乗り、そして電車を乗り換えた。その間、ほとんど会話らしい会話はなかったが、それでも気まずいとは感じなかった。

無理に会話などしようとしないほうがいい。樋口は出発する前にそう決めていた。そのほうが自然でいられた。

たしかに学生時代の照美とは違っていた。社会に出るというのは、そういうことなのだろう。

やがて、秋葉の事務所に到着した。土曜日なのに、事務所には職員や、ボランティアらしき人々がたくさんいた。

ジーンズ姿の職員に名前を言うと、すぐに奥の部屋に行くようにと言われた。照美が言った。

「私、ボランティアで来たんですけど」

「まず秋葉に会ってもらわなければなりません」

樋口は照美とともに、奥の部屋に進んだ。以前訪ねたときとは、まったく雰囲気が違って見えた。

というか、前回は事務所内のことを気にする余裕などなかったのだ。

「やあ、ようやく来てくれたな」

部屋を訪ねると、秋葉議員は前回と同じ場所にいた。部屋の中央の大きなテーブルに向かっていたのだ。秋葉の隣に、もう一人いた。亀田だった。

亀田は樋口に会釈した。樋口も頭を下げた。

口を開こうとする樋口を制止するように、秋葉が照美に言った。

「ボランティアは大いにありがたい。さて、さっそく手伝ってもらう前に、一つだけうかがいたい」

照美が緊張した面持ちで聞き返す。

「何でしょう?」

「親子の関係はどうだね？」

この質問に、樋口は驚いた。自分ならどうこたえるだろう。そんなことを考えていると、照美がこたえた。

「とてもいいと思います」

「お父さんとも？」

「はい」

秋葉が笑顔で言った。

「それだけうかがえば充分だ。さて、向こうの部屋で具体的なことを聞いてくれ」

「はい。失礼します」

照美が一礼して部屋を出ていった。

秋葉が言った。

「あんたと良好な関係だと聞けば、安心だな」

「ああいうふうに聞かれれば、誰でも同じようにこたえるんじゃないですか」

「俺は人を見る眼がある。そう自負しているんだ。娘さんの言葉は嘘じゃない」

樋口は何もこたえなかった。それよりも、言わなければならないことがある。樋口は亀田に向かって言った。

「このたびのことは、深くお詫びいたします」

亀田が言った。

「あなたに謝られても困ります。謝るべきは、東京地検特捜部でしょう」

「おっしゃるとおりだと思いますが、それについては私にはどうすることもできません。私にできるのは、この場で謝罪することだけです」

「灰谷と荒木は懲戒免職だそうですね？」

「特捜部長が更迭、検事正が辞職です」

亀田はうなずいただけだった。その代わりに、秋葉が言った。

「大将が腹を切ったんだ。まあ、それで手打ちにするさ」

亀田が樋口に言った。

「警察の人は、こういう場合謝らないのでしょう？」

「警察の人といってもいろいろです。私は、謝るべきときは謝ります」

秋葉が亀田に言った。

「なあ、樋口さんはこういう人なんだ」

それに亀田がこたえる。

「なるほど、議員が気に入るのもわかりますね」

議員が気に入る……。その言葉に、樋口は戸惑った。気に入られたという自覚はなかった。

亀田がさらに言った。

「警察に対する怨みを忘れまいと思っていたのですが、これでは、怨みが残りませんね」

樋口は言った。

「そう言っていただけるのを、ありがたく思います」

亀田はもう一度会釈して言った。

「では、私はこれで失礼します」

彼は立ち上がり、部屋を出ていった。

秋葉が言った。

「娘さんがボランティアに来てくれたのを、ありがたく思うよ」

「よろしくお願いします」

「先日、あんたと話をして、大いに刺激を受けた。政治はパワーゲームではなく、グランドデザインだという言葉には襟を正す思いだった」

「政治の素人が生意気なことを申しました」

「何を言うんだ。素人がやる政治が民主主義だ」

「それがうまくいかないこともあります」

「だからといって諦めてはいけない」

「そうですね」

「今日は時間がないが、またゆっくり会ってもらえるか？」

「不規則な仕事なので、お約束はできかねますが……」

「また会うと約束してくれるだけでいい」

「もちろん、またお会いしたいです」

秋葉は満足げにうなずいた。

「ではまた、近いうちに」

「はい」

樋口は立ち上がり、礼をした。


事務所に照美を残し、一人自由が丘の駅に向かった。

電車を待ちながら、樋口は思った。

氏家に秋葉との会話の内容を話したら、あいつはどんな顔をするだろう。

想像すると笑みがこぼれた。

本書は「小説幻冬」VOL.28～39に連載されたものに
加筆、修正をしました。

〈著者紹介〉
今野 敏　1955年北海道生まれ。上智大学在学中の78年、「怪物が街にやってくる」で第4回問題小説新人賞を受賞。東芝EMI勤務を経て、82年に専業作家となる。2006年、『隠蔽捜査』で第27回吉川英治文学新人賞を受賞。08年、『果断　隠蔽捜査2』で第21回山本周五郎賞ならびに第61回日本推理作家協会賞（長編および連作短編集部門）を受賞。17年、「隠蔽捜査」シリーズで第2回吉川英治文庫賞を受賞。他に『リオ　警視庁強行犯係・樋口顕』『ビート　警視庁強行犯係・樋口顕』『廉恥　警視庁強行犯係・樋口顕』『回帰　警視庁強行犯係・樋口顕』など著書多数。

焦眉
警視庁強行犯係・樋口顕
2020年4月15日　第1刷発行

著　者　今野 敏
発行人　見城 徹
編集人　森下康樹
編集者　長濱 良　武田勇美

発行所　株式会社 幻冬舎
〒151-0051 東京都渋谷区千駄ヶ谷4-9-7

電話：03（5411）6211（編集）
03（5411）6222（営業）
振替：00120-8-767643
印刷・製本所：中央精版印刷株式会社

検印廃止

ISBN978-4-344-03601-7 C0093
幻冬舎ホームページアドレス　https://www.gentosha.co.jp/

この本に関するご意見・ご感想をメールでお寄せいただく場合は、comment@gentosha.co.jpまで。